KB112490

그 한마디가
나를 살렸다

그 한마디가 나를 살렸다

발행일 2023년 8월 8일

지은이 강선화, 박정미, 서린, 양윤희, 윤수정, 이시은, 이정윤, 장진숙, 정유나, 차휘진
펴낸이 손형국
펴낸곳 (주)북랩
편집인 선일영 편집 윤용민, 배진용, 김다빈, 김부경
디자인 이현수, 김민하, 김영주, 안유경 제작 박기성, 구성우, 변성주, 배상진
마케팅 김회란, 박진관
출판등록 2004. 12. 1(제2012-000051호)
주소 서울특별시 금천구 가산디지털 1로 168, 우림라이온스밸리 B동 B113~114호, C동 B101호
홈페이지 www.book.co.kr
전화번호 (02)2026-5777 팩스 (02)3159-9637

ISBN 979-11-93304-05-1 03810 (종이책) 979-11-93304-06-8 05810 (전자책)

그 한마디가 나를 살렸다

말이 주는 힘

강선화
박정미
서 린
양윤희
윤수정
이시은
이정윤
장진숙
정유나
차휘진
지 음

북랩

…말에는 진심을 담아야 합니다…

"여러분은 공저 프로젝트에 스스로 생각하고 판단해서 참여하게 되었습니다. 내 선택에 대해 성취와 성과를 얻기를 바랍니다. 나는 무엇이든 하려고 덤벼들면 할 수 있는 존재라는 것을 스스로 증명해 보는 계기를 만들어 보십시오. 그런 공저 프로젝트가 되었으면 좋겠습니다."

오리엔테이션 당일 스승님의 마지막 말씀이었습니다. '스스로 증명하는 계기'라고 노트에 크게 적고 밑줄을 그었습니다. 이 말은 책을 쓰는 동안 저에게 버팀목이 되어 주었습니다. 아마 9명의 작가님 모두 같은 마음이었을 겁니다.

'말'이라는 주제를 받고 열심히 글의 소재를 찾았습니다. 과거에 있었던 일을 회상해 보고, 책장에 꽂힌 책을 꺼내 표기해 두었던 구절을 다시 읽어 보았습니다. 적어 두었던 독서 노트도 들춰 보고 블로그에 기록해 두었던 글을 꺼내 읽었습니다. 예전에 보았던 드라마와 영화를 떠올려 보았습니다. 말을 찾는 여행 같았습니다. 내 인생을 돌아보는 과거 여행 같기도 했습니다. 생각할수록 많은 말들이 지나갔습니다. 어떤 나의 이야기가 지금 이 책을 읽고 있는 독자들에게 조금이라도 도움이 될 수 있을지 고민했습니다.

《그 한마디가 나를 살렸다 - 말이 주는 힘》 이 책은 말하기에 관한 책입니다. 10명의 작가를 살린 말을 담고 있습니다. 나이도, 사는 곳도, 하는 일도, 살아온 환경도 모두 다른 작가들이 전하는 나만의 말과 그와 관련된 이야기를 실었습니다.

1장에서는 살면서 힘들고 지친 날, 위로되는 말에 관한 이야기를 담았습니다. 2장에서는 포기하려는 순간, 다시 일어서게 해 준 말에 관해 이야기합니다. 3장에서는 망설이고 주저하는 순간, 용기를 준 말을 적었습니다. 마지막 4장에서는 무기력할 때, 동기를 유발해 준 말에 대한 이야기입니다.

힘들고 지친 날, 포기하고 싶은 순간, 망설이고 주저하던 때, 무기력한 경우를 한 번쯤은 경험해 보셨을 겁니다. 손이 가는 대로, 눈이 가는 대로 아무 페이지부터 열어 읽어도 상관없습니다. 우리의 이야기가 힘이 되었으면 합니다. 위로가 되었으면 합니다.

글을 쓰면서 글 쓰는 모습이 도자기를 빚는 모습과 닮았다고 생각했습니다. 다큐멘터리에서 도자기를 제작하는 것을 본 적이 있습니다. 커다란 흙덩어리를 물레 위에 툭 던지고 물레를 굴리기 시작했습니다. 먼저 흙의 중심을 잡았습니다. 손에 물을 적셔가며 대략적인 형태를 만들었습니다. 필요 없는 부분은 과감하게 덜어냈습니다. 어느 정도 모양이 잡히고 나니 장인의 손놀림이 정교해지기 시작했습니다. 서두르지 않았습니다. 천천히 정성을 쏟았습니다. 일정 속도로 물레를 쉼 없이 돌리며 손을 움직였습니다. 모양이 망가지지는 않을까 숨죽여 쳐다봤습니다. 그렇게 한참을 반복하고 나니 단아한 모양의 도자기 하나가 완성되었습니다.

글 쓰는 작업이 그랬습니다. 큰 메시지를 떠올리고 스케치를 했습니다. 스승님의 가르침대로 공책에 끄적여도 보고 혼자 중얼거려도 봤습니다. 초고를 써 내려 갔습니다. 초고가 완성되고 글을 다시 읽어 봤습니다. 투박했습니다. 몇 번이고 반복해서 읽었습니다. 그리고 수정, 수정 또 수정했습니다. 도자기를 예쁘게 빚기 위해 장인이 손 모양을 이래저래 바꾸던 것처럼 문장을 이렇게 저렇게 바꿔 봤습니다. 어떻게 적어야 말을 통해 느낀 것이 무엇인지, 말에서 무엇을 배웠는지를 잘 전달할 수 있을지 고민했습니다. 쉬지 않던 물레처럼, 글쓰기를 게을리하지 않고 매일 작업을 했습니다.

말도 그랬으면 좋겠습니다. 요즘 말을 함부로 하는 사람들이 많습니다. SNS의 오픈 채팅방이나 블라인드와 같은 익명 게시판에 올라온 글을 보며 놀랄 때가 있습니다. 상대방을 전혀 고려하지 않은 악플과 비아냥, 사실과 전혀 무관한 거짓과 과장이 난무합니다. 말실수는 텔레비전에서도 종종 보게 됩니다. 그 결과, 사람들의 따가운 눈총을 받기도 하고 본인의 업을 내려놓는 경우도 보았습니다. 이 사람들은 과연 자신의 말이 잘못되었다는 것을 알까요? 해명하는 말에서 진심이 느껴지지 않습니다. 한 번에 떠오르는 말을 툭 내뱉기보다는 상대방을 생각하는 마음으로 말을 했으면 좋겠습니다. 말이 너무 쉬워진 요즘입니다. 한 번쯤은 우리가 매일 듣고 하는 말에 대해 생각해 보았으면 합니다. 이 책은 말이 주는 힘을 보여 줍니다. 말 덕분에 마음에 위로도 받고, 용기도 받고, 힘을 얻은 이야기를 하고 있습니다. 말이라는 것이 이렇게 소중하다는 것을 알려 주는 책입니다.

예로부터 말의 중요성은 강조됐습니다. '가는 말이 고와야 오는 말이 곱다', '같은 말이라도 아 다르고 어 다르다', '말 한마디에 천 냥 빚도 갚는다', '낮말은 새가 듣고 밤말은 쥐가 듣는다', '말이 씨가 된다' 등 옛 조상들의 속담만 보더라도 살면서 말이 얼마나 중요한지 알 수 있습니다.

말은 신뢰와 직결됩니다. 말은 인간관계를 만듭니다. 말은 삶을 나아지게 합니다. 말의 중요성에 대해 알고 싶거나 말을 잘하고 싶은데 말을 못한다고 생각하는 사람들이 있다면 이 책에 소개된 여러 이야기 중에서 그 어떤 것이든 읽어 보셨으면 좋겠습니다. 말은 잘하는 것보다 마음을 담아 진심을 전달하는 말이 더 중요하다는 사실을 알았으면 좋겠습니다.

책을 쓰는 동안 채팅방에서 주고받은 10명의 작가의 말은 서로에게 의지가 되었습니다. 모두 같은 마음으로 이 책에 의미와 가치를 두고 싶었기 때문에 누구보다 마음을 잘 알았습니다. 밤사이 안부를 묻는 아침 인사 한마디, 힘내자는 응원 한마디, 잘하고 있다는 격려 한마디가 진심으로 다가왔습니다. 거창한 말이 아니어도 됩니다. 우리를 일으키는 말은 진심을 담은 한마디면 충분합니다.

이 마음을 담아 인사를 전합니다.

함께 집필해 주신 강선화 작가님, 박정미 작가님, 서린 작가님, 양윤희 작가님, 윤수정 작가님, 이시은 작가님, 장진숙 작가님, 정유나 작가님, 차휘진 작가님, 수고 많으셨습니다.

그리고 이은대 스승님, 감사합니다.

이정을

차례

2장 포기하려는 순간, 다시 일어서게 해 준 말

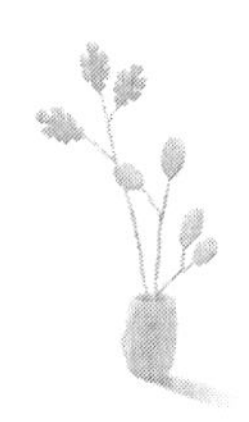

3장 망설이고 주저하는 순간, 용기를 준 말

4장 무기력할 때, 동기를 부여해 준 말

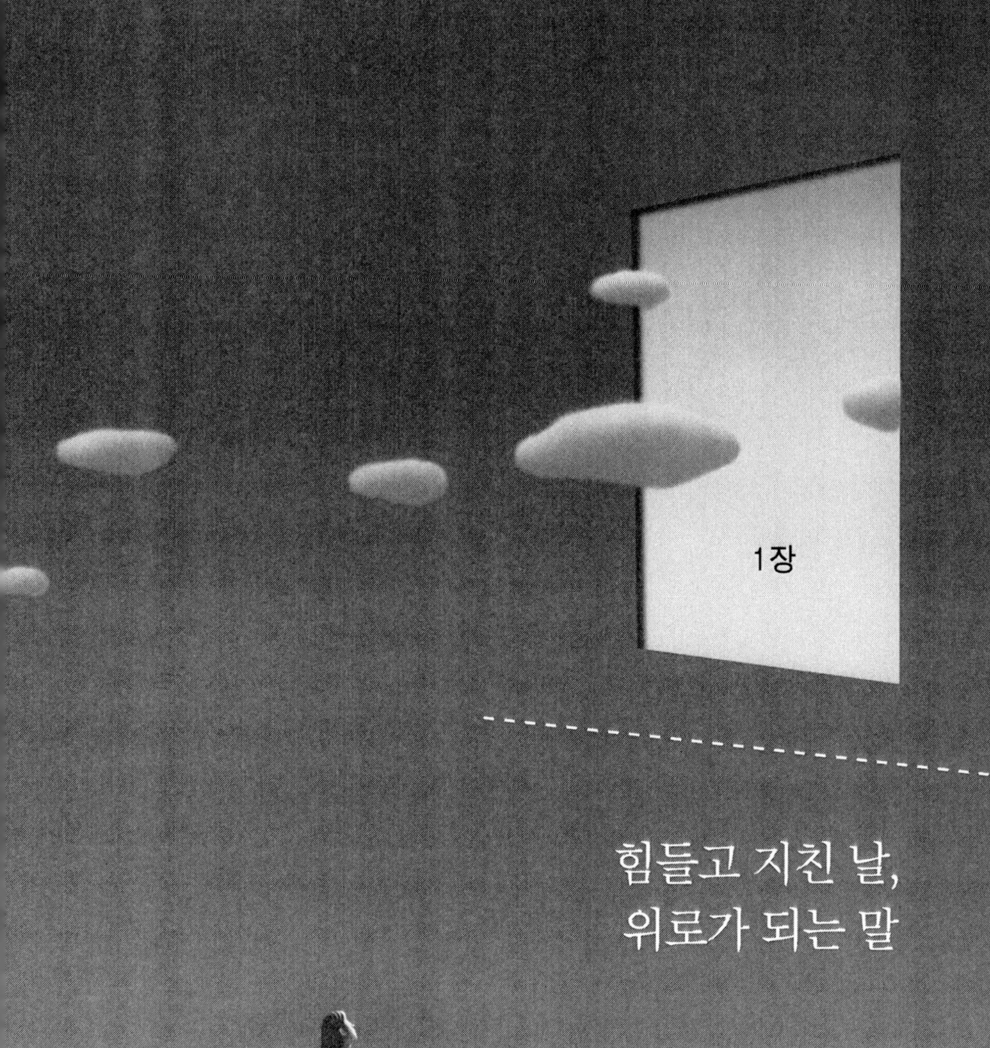

1장

힘들고 지친 날,
위로가 되는 말

1-1.

고생 많았어요

_ 강선화

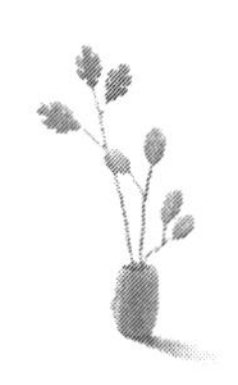

"아빠 엄마는 선교사니까 여기 사는 거잖아요. 난 태어날 때부터 여기였잖아요. 제가 언제 몽골에 살고 싶다고 했어요? 엄마 아빠가 선교사지 제가 선교사예요? 하필이면 왜 몽골이에요?"

마치 짐승이 울부짖는 것 같았다. 주먹으로 책상을 내리치고 벌떡 일어나 방문을 쾅 닫고 들어갔다. 갑작스러웠다. 남편과 나는 입을 벌린 채 서로 얼굴만 바라볼 뿐이었다. 큰 애는 눈만 껌뻑였다. 막내는 무슨 상황인지 이해가 안 되는지 작은형이 들어간 방과 우리를 번갈아 쳐다봤다. 가슴이 뻐근했다. 뭔가 말을 하려 해도 아무 말도 안 나왔다. 시간이 멈춘 것 같았다.

둘째는 늘 긍정적이었다. 누구와도 잘 지냈다. 한국 사람이든 몽골 사람이든 낯가림도 없었다. 성적이 잘 안 나와도 개의치 않았다. 재미만 있으면 족했다. 꿈도 많았다. 딸처럼 조잘조잘 얘기도 잘했다. 웃으면 작은 눈은 더 작아졌다. 모든 게 괜찮고 좋았다. 동생이 까불어도 형이니까 봐준다고 했다. 못생겼다고 놀려대도 자기가 제일 멋있다고 했다. 나중에 목사가 되어 몽골에 선교사로 오겠다고 했다. 아빠가 죽으면 누가 몽골을 지키냐며 자기가 와야 한다고도 했다. 중2, 갑자기 키도 크고 몸집도 커졌다. 목소리도 걸걸해졌다. 혼자 방에 있는 시간이 많아졌다.

내가 열 살 때 군인이었던 아버지는 갑자기 제대하셨다. 그때부터 가정 형편이 어려워졌다. 중학교는 버스를 두 번 갈아타고 가야 하는 거리인데도 걸어 다녔다. 비가 억수로 내려도 그 비를 고스란히 맞고 집에 돌아왔다. 반 친구들은 과목마다 참고서를 사서 공부하는데, 나는 국어 참고서밖에 살 수 없었다. 음악을 좋아해서 악기도 많이 배우고 싶었다. 피아노 학원을 하던 교회 사모님 덕분에 6개월은 무료로, 6개월은 유료로 피아노를 배웠다. 바이엘도 다 못 뗐는데 학원비가 없어서 중간에 그만뒀다. 바이올린을 무료로 가르쳐 준다고 해서 갔더니 한 달에 줄값으로 3만 원을 내야 한다고 했다. 바이올린은 잡아 보지도 못했다. 그 당시 너도나도 메고 다니던 가방도 살 수 없었다. 6개월에 한 번씩 바꿔 줘야 한다는 안경을 3년 넘게 쓰다가 테가 부러진 적도 있다. 옷도 얻어서 입었다.

처음부터 그런 건 아니었다. 아버지의 제대로 우리 가족은 원주에서 성남으로 이사했고, 아버지는 목수가 되었다. 하루 벌어 하루 먹었다. 나중에는 엄마도 공장에서 주야간으로 근무했다. 중학생 때부터 집 안 청소도 하고, 동생들 저녁도 챙겼다. 교복도 실내화도 빨았다. 친구들은 삼삼오오 놀러 다니는데 집안일은 오롯이 내 차지가 되었다.

그러던 어느 날 엄마한테 퍼부었다. '나는 왜 이런 집안에 태어난 거야? 우리 집은 왜 가난한데? 나는 왜 매일 밥하고 빨래해야 해? 나도 놀고 싶다고.' 이불 속에서 얼굴이 뻘게지도록 울었다. 엄마 아빠가 가난해지고 싶어 가난했을까? 알면서도 생트집을 잡았다. 엄마는 아무 말도 없었다. 변명도, 위로도 하지 않았다. 그 말을 내뱉고 며칠 동안 엄마 얼굴을 제대로 쳐다볼 수도 없었다. 말도 못 걸었다. 40년이 지난 지금도 그날의 엄마 눈빛을 잊을 수가 없다.

세월이 지나 나도 엄마가 되었다. 더 좋은 것을 주고 싶었다. 생활비는 아껴 써도 늘 부족했고, 원하는 걸 사려고 해도 몽골엔 없었다. 남의 자식 챙기느라 우리 아이들하고 놀아 주기는커녕 끼니도 제대로 챙기지 못하는 때가 많았다. 몽골에 있으니 다른 아이들이 경험할 수 없는 걸 경험할 수 있어 얼마나 좋냐는 말은 개나 줘 버리라고 하고 싶었다. '왜 몽골이냐?'는 아들의 울부짖음에 그 어떤 위로나 변명으로도 답할 수 없었다. 그저 제풀에 죽어 감정을 누그러뜨릴 때까지 기다리는 수밖에. 40년 전 엄마처럼.

그렇게 며칠이 지났다. 둘째는 아무 일도 없었다는 듯이 학교도 가고 얘기도 했다. 그렇게 한고비가 지나가는가 싶었다. 학년말 성적표를 받은 후에야 알았다. 1주일이나 학교에 결석했다는 것을.

6월 1일은 몽골의 어린이날이자 내 생일이다. 작년에 결혼한 둘째한테서 전화가 왔다.

"엄마, 외국에서 사느라 고생 많았어요. 우리는 어려서 괜찮았는데, 엄마랑 아빠는 평생 거기서 사시잖아요. 한국에 살아 보니 외국에 사는 게 얼마나 힘든지 이제 알 것 같아요."

아들은 십수 년이 지나서 고맙다는 말을 고생 많았다고 에둘러 말한다. '고생했다'라는 말에는 '애썼다, 고맙다, 몰라줘서 미안하다'라는 의미가 담겨 있다고 생각한다. '고맙습니다. 수고했습니다.'가 인사치레가 된 요즘 고맙다는 말보다 고생했다는 말이 그동안의 수고를 인정받은 것 같아 더 고맙게 느껴진다.

언젠가 TV에서 요리 경연 대회가 있었다. 젊은 요리사가 얇게 뜬 회를 접시에 담았다. 물고기 모양이었다. 요리 품평하러 나온 여자 심사 위원은 젊은 요리사에게 다가가 작은 목소리로 물었다. 요리 경력이 얼마나 되느냐고. 그러고는 요리사의 손을 쓰다듬으며 말했다. "얼마나 힘들었을까? 고생 많았어요." 긴장한 듯 보이던 요리사의 표정은 어리둥절하다가 미소를 짓는가 싶더니 눈을 꾹 감았다.

'잘했다'가 결과에 대한 칭찬이라면 '고생했다'라는 말은 과정에 대한 인정이다. 결과가 어떠하든 끝까지, 지금까지 견뎌 낸 시간에 대한 수고를 인정해 주는 말이다. 반드시 과정이 어렵고 힘들지 않았어도 괜찮다. 결과가 원하는 만큼 대단하지 않아도 괜찮다. 해내고, 살아 내는 것이 더 중요하니까. 오늘도 최선을 다한 이들에게 찬사를 보낸다. '고생 많았어요.'

1-2.

소중한 한마디, 힘내세요

_ 박정미

둘째를 낳았다. 학원 강사 일을 그만두고 전업주부가 되었다. 첫아이는 친정에 맡기고 일을 했다. 두 아이를 맡기고 일을 할 자신은 없었다. 임신 마지막 달까지 일을 하고 둘째를 낳기 직전 다니던 학원을 그만두었다.

둘째가 다섯 살이 되어 유치원에 들어가면서부터 조금 여유가 생겼다. 오전에는 주로 운동했다. 오후에는 유치원과 학교에서 돌아온 아이들을 돌보았다. 간식을 만들어 먹이고, 놀이터에서 함께 놀아 주고, 느긋하게 저녁을 먹은 후 책도 많이 읽어 줬다. 평온한 일상이었다.

아이들에게 온전히 집중하며 보내는 시간이 행복했다. 하지만 마음 한편에는 일을 하지 않고 있다는 사실이 조금 불안하기도 했다. 한 번도 전업주부가 되어 아이들만 키울 생각을 해 본 적이 없었다. 친정엄마는 늘 일을 했다. 나도 당연히 내 일을 가지고 살 거라고 생각했다.

둘째가 두 돌이 지났을 무렵이었다. 갑갑한 마음에 그 당시 한창 생기고 있던 공부방을 해 볼까 싶었다. 아이를 업고 동네 빈 상가를 찾아간 적이 있다. 하지만 용기가 나지 않아서 선뜻 일을 시작하지 못했다. 집에서 공부방을 해 볼까도 생각해 보았지만, 그것도 엄두가 나지 않아 그만두었다. 그저 아이들만 돌보며 시간이 흘러가고 있었다.

어느 날, 시청에 다니는 친구한테서 전화가 왔다. 일을 해 보지 않겠냐고 했다. '일'이라는 말에 솔깃했다. 자세히 물어봤다. 오전 9시부터 저녁 6시까지 종일 하는 일이었다. 업무는 그리 어렵지 않을 거라고 했다.

아들은 초등학교 2학년, 딸은 여섯 살이었다. 아직은 엄마 손이 필요했다. 둘 다 돌아오는 시간은 대략 세 시쯤이었다. 일을 하려면 친정에 아이들을 맡기는 수밖에 없었다. 부모님께 부탁드렸더니 기꺼이 아이들을 맡아 주신다고 했다.

평온하던 일상이 갑자기 분주해졌다. 출근하기 위해서 아침부터 서둘러 아이들 밥을 먹였다. 큰아이를 학교에 보내고 둘째는 차로 유치원에 직접 데려다주었다. 급히 출근했다. 6시에 퇴근하면 부리나케 친정으로 가서 아이들을 데리고 집으로 돌아왔다. 집으로 오면 바로 식사 준비를 해서 밥을 먹어야 했다. 피곤한 날들이 이어졌다. 일을 할 수 있게 되었다는 기쁨도 잠시, 곧 아이들도 지치고 나도 지쳐 갔다.

사무실에 있던 어느 날 오후, 친정아버지한테서 전화가 왔다. 병원으로 오라고 했다. 아들이 친정집에서 놀다가 유리문을 차는 바람에 유리가 발등에 떨어져서 다쳤다고 했다. 병원으로 서둘러 갔다. 오른쪽 발에 하얀 붕대를 감은 아들이 침대에 누워 있었다. 일곱 바늘을 꿰맸다. 아들 얼굴을 보고서야 겨우 마음을 진정할 수 있었다. 아들은 남편과 집으로 갔다. 나는 엄마를 기다리고 있는 딸을 데리러 친정으로 갔다. 딸을 데리고 나오는 길에 등 뒤로 친정아버지의 목소리가 들렸다.

"무슨 떼돈을 번다고 애들을 맡겨 두고……."

마음에 '쿵' 하고 돌덩이가 떨어진 것 같았다. 발걸음이 무거웠다. 겨우 집으로 돌아왔다. 아이들에게 늦은 저녁을 해 먹이고 어질러진 거실을 느릿느릿 치웠다.

며칠 뒤 딸이 종이 한 장을 내밀었다. 뭐냐고 물으니, 유치원에서 엄마한테 편지를 썼다고 한다.

'엄마, 나는 엄마가 보고 싶어도 꾹 참을게요. 그러니까 엄마도 힘내세요.'

눈물이 핑 돌았다. 언제나 고분고분하고 불평이 없는 딸이었다. 유치원 종일반을 하면서 엄마가 보고 싶었나 보다. 그리고 엄마도 힘내라니. 제 딴에는 엄마가 힘들어 보였나 보다. 그날 밤, 잠이 쉽게 오지 않았다. 왜 내가 일을 하고 있을까 싶었다. '엄마도 힘내세요.' 이 말이 계속 맴돌았다.

그저 내가 집에서 지내기 답답하니까 나를 위해 선택한 일이었다. 내 욕심에 아이들을 힘들고 지치게 했다는 생각에 갑자기 미안함이 몰려왔다. 당장이라도 일을 그만두어야 할 것 같았다. 하지만 계약 기간까지는 아직 시간이 남아 있었다. 지금 그만둔다면 일자리를 소개해 준 친구에게 미안했다. 책임감 없는 사람이 되기도 싫었다. 계약 기간까지는 어떻게든 해야겠다고 마음먹었다.

계약 종료 시기가 다가왔다. 연장 근무 제안을 받았다. '계속해 볼까?'라는 마음이 들기도 했다. 일을 하며 돈을 버는 것이 중요할지 아니면 그 시간에 돈보다도 아이들을 돌보는 것이 중요한지 결정을 내려야 했다. 아직은 엄마 손이 필요한 아이들을 돌보는 것이 더 낫다는 결론을 내리고 일을 그만두었다.

벌써 오래된 일이지만 살아가면서 그때 기억이 가끔 난다. 전업주부로 살다가 갑자기 일을 하게 돼서 무척 힘들었다. 그때 딸이 전해 준 편지. 지금은 추억의 한 장면이 되었다. 그때 다녔던 공공기관 근무 경력은 후에 다른 일을 하게 되었을 때 도움이 되었다. 나쁜 일만은 아니었다. 나 자신을 위해 일했던 그 시간은 아이들과 함께 보내는 시간의 가치와 평범한 일상의 소중함을 알려주었다. 그때 딸에게 받은 '엄마, 힘내세요.'라는 작은 위로의 말은 지금도 내 마음에 고이 남아 있다.

딸은 어느새 자라서 대학생이 되었다. 타지에 나가 있어 가끔 한 번씩 집에 온다. 어쩌다 전화하면 학과 일, 동아리, 취업 준비까지 바빠 보인다. 바쁜 딸에게 어린 딸이 엄마에게 했던 말로 위로하고 싶다. "소윤아, 힘내!"

힘들고 지친 누군가에게 '힘내세요'라고 한마디 건네 보자. 너무 흔한 말이라 어쩌면 시시하게 느껴질지도 모르겠다. 그러나 누군가에게 건넨 한마디가 진심으로 그 사람을 돕게 될 수 있을지도 모르는 일이다. 지나고 보니 그때 들었던 한마디가 큰 위로가 되었다. 근사하고 멋진 말이 아니어도 된다. 진심 담긴 '힘내세요' 한마디로도 충분히 누군가에게는 힘이 되어 줄 수 있다고 믿는다.

1-3.

밥 먹었냐? 밥 먹어!

_ 서린

"다시 검사를 해 봐야 할 것 같습니다."

둘째를 낳고 회복실에 있던 이틀째 날, 간호사가 결과지를 보여 주며 말을 했다. 아기 청력에 이상이 있단다. 신생아 선별 검사에서 다른 건 모두 정상인데 청력 검사는 자꾸 재검이 나왔다. 정상이지만 가끔 이런 경우가 있다고 했다. 그래도 혹시 모르니 퇴원 후 큰 병원 가서 검사를 다시 해 보란다. 남편과 나는 괜찮을 거라는 생각과 바람을 가진 채 조금 더 지나서 병원을 알아보기로 하고 퇴원했다. 주말부부를 하던 시절이라 남편은 타지 일터로 갔고, 나는 산후조리 일주일 만에 출근했다. 당분간 시어머니가 아기를 낮 동안 돌봐 주기로 했다. 퇴근하고 둘째를 데리러 가니 아기 잘 듣고 잘 논다고 시어머니가 말씀하셨다. 간호사 친척한테 물어보니 갓난아기인데 무슨 청력 검사냐고, 커서 하는 거라고 했단다. 그러니 걱정하지 말라고 했다. 아들은 생글생글 잘 놀고 있었다. 금요일 저녁 남편이 퇴근하고 집에 왔다. 남편은 회사 사람들도, 인터넷에서도 선별 검사의 오류가 많다는 이야기에 좀 더 지켜보고 나중에 검사를 다시 하자고 했다. 괜찮을 거라고, 괜찮을 거라며. 무지에서 온 용기였을까? 인정하고 싶지 않은 회피였을까? 그렇게 우리는 아무 이상이 없길 바라는 희망을 품은 채 각자의 자리에서 열심히 그리고 바쁘게 살아갔다. 시간은 흐르고 그 사실조차 희미해져 갈 때쯤 퇴근하면서 시댁에 있는 첫째 딸과 둘째 아들을 데리러 갔다. 아들이 8개월 정도 되었을 때다. 문 여는 소리에 딸은 "엄마~" 하고 반기며 달려오는데, 등을 보이고 놀던 아들은 그 자리 그대로다. 어깨를 감싸고 "엄마 왔잖아~"얼굴을 보이면 그때 서야 화들짝 놀라 웃으며 반겼다. 순간 머리가 하얘졌다. 잊고 있었던 게 떠올랐다. 생후 8개월이면 소리에 반응할 때다. 정신이 번쩍 들었다. 뭐가 중요한지도 뭐가 우선인지도 모른 채 바쁘게 살아온 나 자신이 한심스러웠다. 모두가 원망스러웠다.

부랴부랴 대전에 있는 대학 병원에 검사 예약을 잡았다. 검사 결과는 '카더라' 이야기만 듣고 무심히 넘긴 부모의 죗값을 톡톡히 치러야만 했다. 심장이 아팠다. 도대체 왜? 첫째도 정상이고 엄마, 아빠 멀쩡하고 친가, 외가 통틀어 눈 씻고 찾아봐도 아무 이상 없는데 왜 그럴까? 무엇 때문일까? 눈물이 났다. 별의별 생각이 다 들었다. 임신 중에 뭘 잘못 먹었나? 안 좋은 생각을 했었나? 큰소리 낸 적이 있는데 그래서일까? 서울에 있는 병원에 가서 정밀 검사를 해야 했다. 청력 검사를 한 후 잔존 청력에 따라 보청기를 하거나 인공 와우 수술을 해야 한다. 보청기는 들어봤는데 인공 와우 수술은 또 뭐야? 처음 듣는다. 인터넷에 폭풍 검색을 했다. 인공 와우 수술도, 수술 잘한다는 전문의도. 며칠 밤을 그렇게 지새웠다.

늦은 밤 혼자 TV를 보다가 볼륨을 0으로 낮춰 보았다. 아들이 그동안 만난 세상은 이렇게 고요했구나~

생각하니 눈물이 났다. 그 세상은 두려울 만치 조용했다. 그러고 보니 아직 엄마, 아빠 목소리도 모른다. 마음이 아팠다. 내일 날씨는 뉴스에서 일기 예보라도 해 준다. 인생에는 예보가 없다. 천둥 번개든 돌풍 회오리든 어느 날 순식간에 온다. 피할 수가 없다. 큰 파도를 만났는데 다음 날에도, 또 다음 날에도 잔잔한 바다인 양 일상을 반복해야 했다. 다 그만두고 싶었다.

수술하러 가는 날이다. 아들 첫돌 선물치고는 너무 가혹했다. 왼쪽은 보청기를 차고 일단 오른쪽만 인공 와우 수술을 하기로 했다. 다행히 수술은 잘되었고 예후를 보기 위해 매주 한 번, 매달 한 번씩 서울을 왔다 갔다 해야 했다. 와우 기계를 통해 듣는 세상의 소리는 어떨까? 다행히 아들은 거부감 없이 잘 착용해 주었고 다양한 소리에 반응하며 놀기도 먹기도 잘했다. 소리 인지 및 언어 발달에 가장 중요한 시기이므로 언어 치료가 급선무다. 주말부부였고 나도 일을 하고 있어서 언어 치료를 받으러 서울로 다닐 수는 없었다. 마침 담당 의사가 대전에 있는 센터를 추천해 주어서 그곳에 등록했다. 월요일, 수요일 일주일에 두 번씩 언어 치료를 받으러 갔다.

어김없이 평일 남편 없는 하루가 시작되었다. 알람이 울리지 않은 걸까? 끄고 다시 잠든 걸까? 늦었다. 씻는 둥 마는 둥, 아이들 아침밥도 못 먹이고 부랴부랴 집을 나섰다. 딸 먼저 차에 태우고 벨트를 매라고 했다. 아들을 번쩍 안아 카시트에 앉혔다. 양어깨를 감싸는 안전벨트가 한 번에 쭉 늘어나지 않는다. 여러 번 잡아당겨 겨우 벨트를 채웠다. 급하게 시동을 걸었다. 큰아이를 어린이집에 데려다주고 둘째와 출근을 했다. 이른 퇴근을 하고 둘째를 차에 태웠다. 언어 치료실 가는 날이다. 그날따라 유난히 햇살이 좋았다. 운전석 뒷자리 카시트에 앉은 아들에게 백미러로 눈을 마주치고 이름을 불러 준다. '엄마 여기 있어. 안심해~' 나의 신호다. 소리 자극을 위해 운전하면서 시시콜콜 독백 아닌 독백을 한다. 그리고 노래도 불러 준다.

"거의 다 왔네. 이번엔 엄마가 노래 불러 줄게!"

"개울가에~ 올챙이 한 마리~ 꼬물… 꼬물…."

큰 소리로 노래를 부르는데 갑자기 눈물이 흘렀다. 더 이상 노래를 부를 수 없었다. 언어 치료를 마치고 집에 와서 부랴부랴 저녁밥을 했다. 아이들을 씻기고 밥을 먹였다.

한숨 돌리고 소파에 앉아 있는데 엄마한테서 전화가 왔다.

"밥 먹었냐? 힘들지?"

"……."

눈물을 삼킨 채 대답을 해야 하는데 가슴이 먹먹해져서 쉽게 입이 떨어지지 않았다.

"먹었어! 힘들긴, 하나도 안 힘들어! 주무세요."

하고 빨리 전화를 끊었다.

엄마는 어찌 알았을까?

이날도 유난히 태양이 뜨거웠다. 고등학생 큰딸 1학기 기말고사 마지막 날이다. 딸은 전날 늦게까지 공부하고 잔 탓인지 피곤해 보였다. 아침밥도 먹는 둥 마는 둥 집을 나섰다. 시험을 치르는 날은 여느 날보다 일찍 귀가한다. 집에 올 시간이 다 되어 갈 때쯤 딸에게서 전화가 왔다. 버스 사고가 났단다. 다행히 가벼운 접촉 사고로 다친 사람은 없다고 했다. 사고 수습으로 버스 운행은 어렵게 되었고 내려서 집까지 걸어와야 했다. 위치를 물어보니 걸어서 10분이면 되는 거리였다. 큰딸이 집에 도착했다. 얼굴은 빨갛게 익었고 머리는 흠뻑 젖었다.

"엄마, 나 왔어."

더위에 지쳐서일까? 공부가 힘들어서일까? 축 처져 힘없이 말하는 딸의 모습이 짠했다.

"힘들지? 밥 먹어!"

힘들고 지친 날, 마음을 알아주는 진심 담긴 따뜻한 말이 토닥

토닥 위로가 된다. 엄마가 나의 마음을 어루만져 주었듯 나도 내 딸의 마음을 어루만져 주었다. "괜찮아, 잘하고 있어." 언젠가 TV에서 김미경 강사가 강의 중 이런 말을 한 적이 있다. "지금 너~무 힘들고, 지치고, 왜 나만 이런가 싶죠? 아니에요. 잘살고 있다는 증거예요. 괜찮아요! 잘하고 있어요!" 이날 많은 사람이 따뜻한 눈물을 닦으며 미소를 지었다. 나도 그랬다.

1-4.

그때 그 말 덕분에

_ 양윤희

나는 자가 면역 질환자다.

2016년에 둘째를 낳고 류마티스 관절염이 급성으로 왔다. 출산 후 산모는 관절을 조심해야 해서 손목 보호대를 많이 사용한다. 나 역시 손목 보호대를 쓰면서 아이를 돌보았는데 도무지 손목에 힘이 들어가지 않아 아이를 잘 안을 수 없었다. 손목 관절만 아픈 게 아니라 피로감도 심해서 병원에 갔다. 우리 가족 주치의라고 할 만큼 자주 찾는 가정의학과다. 선생님은 나의 증상에 대해 듣고 관절 주변을 초음파로 꼼꼼히 보시더니 피 검사를 해 보는 게 좋겠다고 했다. 피를 뽑고 집으로 돌아왔다.

둘째는 존재만으로도 너무 예쁘고 사랑스러웠다. 아이를 자주 안아 주고 싶었지만 늦은 나이에 출산해서인지 몸이 예전 같지 않았다. 아이를 오랜 시간 안아 주기도 힘들고 돌보기도 버거웠다. 낮 동안에는 산후 돌보미 이모님이 와서 나와 둘째를 돌봐 주었다.

피검사를 의뢰한 지 일주일이 지나고 결과를 확인하러 병원에 갔다. 의사 선생님은 걱정스런 얼굴로 나를 보더니 아무래도 류마티스 관절염이 의심된다고 했다. 염증 수치가 정상 수치에 비해 너무 높으니 종합 병원 류마티스 전문의 진료를 받아 보는 게 좋겠다고 했다. 그러고는 바로 성모병원으로 예약을 잡아 주었다. '류마티스 관절염이라니? 류마티스 관절염은 손가락, 발가락 등에 변형이 오는 거 아닌가?' 마음이 복잡했다.

선생님이 알려 주신 대로 성모병원으로 가서 류마티스 전문의를 만나고 피 검사를 다시 했다. 검사 결과는 류마티스 관절염이 맞고, 염증 수치가 상당히 높은 편이라고 했다. 그래도 아직 관절 변형은 없으니 다행이고 꾸준히 약을 먹고 관리하면 된다고 했다. 거의 두 달분의 약을 처방받았고 두 달에 한 번씩 피 검사를 받으라고 했다. 병원 앞 대형 약국에 가서 처방전을 내고 기다렸다. 이름이 호명되어 가 보니 둘둘 말려 있는 약봉지에 그저 한숨이 나왔다. 약에 대한 설명을 듣고 약국을 나왔다.

처방받은 약에는 스테로이드제가 포함되어 있었다. 소량이긴 하지만 스테로이드제를 매일 먹으니 나도 모르게 식욕이 폭증했다. 배가 하나도 고프지 않았는데도 마구 먹고 있었다. 어느 날엔 며칠은 굶은 사람처럼 게걸스럽게 먹어 치우는 내가 느껴졌다. 먹는 순간에도 '왜 이러는 거야?' 하며 걱정이 되었다. 그렇게 약을 먹은 지 한 달쯤 지났을 때 5kg이 쪘다. 아이 낳고 부은 살도 다 안 빠진 상태에서 다시 살이 찌니 보는 사람마다 놀랐다. 나는 내가 그렇게 부어 있는지도 모르고 살았다.

관절염 환자가 살이 찌면 안 좋다고 했다. 살이 찌면 염증이 더 잘 생기니까 체중 관리 하라고 의사 선생님이 말했다. 아이들을 돌보고, 집안일도 하고, 학교 가서 일도 하고 그 와중에 식단 관리도 해야 했다. 그중 나만을 위한 식단 관리가 제일 안 됐다. 몸은 무겁고 손목 관절은 아프고 할 일은 많은 일상이 계속되었다.

오른쪽 손목 관절은 왼쪽 손목에 비해 모양이 좋지 않으니 덜 쓰고 아껴야 한다고 했다. 왼손에 비하면 50% 정도밖에 힘이 안 난다고 말이다. 나는 오른손잡이다. 어떻게 오른손을 안 쓸 수가 있나? 적게 쓰라고 해도 많이 쓸 수밖에 없다. 손목이 아플 때는 집 청소를 적게 하고, 되도록 무거운 것은 들지 않고 칼질도 하지 않으려고 노력했다. 그런 일에서 손을 떼도, 여전히 오른손을 쓸 일은 차고 넘쳤다.

둘째를 안고 침대에 누웠는데 엄마가 동생이랑 누워 있는 것이 샘이 났는지 큰아이가 옆에 와 누웠다. 엄마를 껴안는다고 팔을 두르다가 내 손목을 살짝 쳤다. 나도 모르게 "악~" 하고 소리를 질렀다. 아이들도 깜짝 놀랐고, 소리친 나도 놀랐다. 이런 통증은 처음 경험해 보기 때문이었다. 류마티스 관절염을 경험해 보지 않고는 알 수 없는 통증이다. '아~ 정말 이렇게 살짝만 스쳐도 악 소리가 날 정도라니.' 앞으로 어떻게 해야 할지 걱정이 앞섰다.

관절염이다 보니 추운 날씨에는 더 쉽게 경직이 되었다. 류마티스 관절염은 조조강직이 있는 것이 특징이다. 아침에 일어났을 때 관절이 뻣뻣하다. 어떤 날은 아침에 세수하기도 힘들다. 염증이 여기저기 돌아다니는지 어떤 날은 엄지발가락이 퉁퉁 부어서 신발을 신지도 못했다. 어떤 날은 어깨가, 또 다른 날은 무릎이 이렇게 염증은 온몸을 돌아가며 불현듯 통증을 일으켰다. 관절 모양이 변형되지 않은 것은 정말 다행이지만 이런 통증을 평생 느껴야 한다니…. 믿고 싶지 않았다.

사람이 부어서 몸이 안 좋아 보이는 것 말고는 외관상으로는 멀쩡하다. 통증으로 인한 고통은 오롯이 환자만 느끼는 거라 누구에게 설명하기도 어렵다. 어딘가에 손이 부딪치면 '악~' 소리 내며 아프다고 하니까 가족들도 아픈가 보다 할 뿐 실질적으로 도움을 주는 사람은 없었다. 일찍 출근해서 늦게 들어오는 남편과 어린 두 아이밖에 없었으니.

작은언니가 조카들도 볼 겸 집에 들렀다. 내가 다니는 가정의학과는 언니도 자주 이용하는 병원이었고, 우리 집에 온 김에 언니도 진료를 받으러 갔다. 병원에 다녀온 언니가 의사 선생님이 한 말을 전했다.

"선생님이 너 많이 도와주라고 하더라. 동생이 많이 힘들 거라고. 류마티스 환자가 느끼는 거는 일반인들보다 몇 배는 더 힘들다고 가족들이 많이 도와줘야 한다고 하더라."

이 말을 듣는 순간 눈물이 핑~ 돌았다.

류마티스 관절염이라고 말하는 게 민망했다. 병이 있는 게 잘못도 아니고 흠도 아닌데 말을 꺼내기 어려웠다. 동정받는 기분도 싫었고, 아프다고 말하는 것도 싫었다. 그런데 말하지 않을 수 없는 몸이 되었다. 페트병 뚜껑을 열지 못하는 날이 늘었다. 차 기어를 변경할 힘이 없었다. 무거운 물건을 들면 며칠씩 손목에 통증이 남았다. 침대에서 일어날 때도 손바닥으로는 침대를 짚을 수 없었다. 내가 아프다는 것을 말해야 했고 도움을 요청해야 했다. 집에서도 직장에서도 친구들과의 만남에서도 도움이 필요하다고 말했다. 모두 나의 건강을 걱정해 주었고 특히, 무거운 물건은 대신 들어 주었다. 환자의 어려움을 기억하고 도와주라는 말 덕분에 위로받고 주위에 도움을 요청할 힘도 낼 수 있었다.

아프고 힘들어도 따뜻한 말 한마디면 마음을 녹이는 법이다. 나를 생각해 주고, 나의 아픔을 알아준 그때 그 말 덕분에 힘을 낼 수 있었다. 혼자 감당해야 할 아픔이라도 그것을 알아주는 사람이 있으면 또 힘을 내게 된다. 사람과 사람 사이에 오가는 따뜻한 말 한마디는 강력하다.

1-5.

엄마가 세상에서 제일 좋아!

_ 윤수정

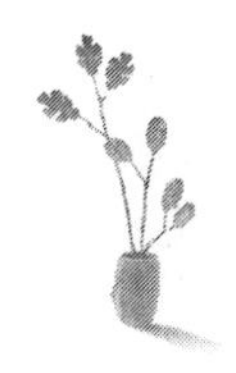

8월. 무더위가 한창일 때 늦둥이를 낳았다. 내가 세 아이의 엄마라니! 단 한 번도 생각해 본 적이 없었다. 처음 임신 사실을 알았을 때, 말로 표현할 수 없을 만큼 당황했다. 위의 두 아이도 제법 키웠고 이제 막 박사 학위 논문도 통과되어 한창 내 일에 대한 기대와 희망에 부풀어 있었기 때문이다. 눈앞이 캄캄했다. 그러던 어느 날, 이런 내 마음을 아셨는지 친정아버지께서 전화를 주셨다. "뭘 걱정하냐? 일이야 아이 키우고 나중에 해도 늦지 않다. 하느님께서 너에게 귀한 선물을 주셨는데 걱정하지 말고 잘 낳아서 훌륭히 길러라!" 그제야 비로소 때늦은 늦둥이 임신이 축복임을 깨달았다. 나에게 온 귀한 생명을 소중히 끌어안았다.

아이를 낳자마자 간호사가 바로 갓난아이를 내 가슴 위에 올려주었다. 내 심장 소리를 듣더니 앙칼진 아이의 울음소리가 점점 사그라들었다. 하얀 피지가 군데군데 보이고 피범벅이 된 내 아이가 보였다. 나도 모르게 울컥하는 마음에 목이 메어 왔다. 아이는 울지 않는데 엄마인 나는 눈물이 났다. 늙은 엄마도 엄마라고. 나를 알아보는 것이 고맙기도 하고 안쓰럽기도 했다. 간호사가 물었다. “엄마! 모유 수유 하실 거죠? 그럼 어서 빨리 젖 물리세요.” 나는 대답이 떨어지기도 전에 아이에게 젖을 물렸다. ‘내가 정말 아이를 낳았구나!’ 싶었다. 다시금 긴긴 육아 터널 속으로 빨려들어 가는 듯했다.

이미 두 번의 출산 경험이 있었지만 오래되어 잘 기억이 나지 않았다. 나이도 제법 있어서 두려웠다. 마음뿐만 아니라 몸도 반응했다. 예전에는 입덧이라는 것도 몰랐었는데, 이번에는 시시때때로 불쑥불쑥 헛구역질과 구토 증상에 시달렸다. 입덧이 한창이었을 때, 내 몸무게는 47kg이 되었다. 성인이 되고부터 항상 내 몸무게 앞자리 숫자는 ‘5’로 시작했었다. 큰 딸아이가 그런 나에게 “엄마, 아이돌 몸무게인데요.” 하며 신기해했다. 막달에도 몸무게는 늘지 않았다. 딱 아이와 양수 무게만큼 늘었다. 늦둥이 임신은 제대로 엄마가 되는 신고식처럼 요란했다.

걱정했던 것과 달리 순산하였다. 나이 사십에 아기 냄새를 맡을 수 있고, 또 안아 볼 수 있다니. 감사했다. 모유 수유도 단번에 성공했다. 젖을 배불리 먹고 쌔근쌔근 자는 아이 얼굴을 보고 있노라면 세상 모든 근심 걱정이 사라지는 듯했다. 한동안 두 번 다시 없을 신생아 키우는 재미에 푹 빠져 살았다. 출산 휴가가 어떻게 지나갔는지 순식간에 흘러갔다. 다시금 학교로 복귀할 때가 되었다. 세 아이를 키우며 일을 병행할 엄두가 나질 않았다. 과감히 육아 휴직을 신청했다. 첫 발령 이후, 한 번도 쉬어 본 적이 없었기에 육아 휴직은 신세계였다. 출근 걱정이 없으니 아이들을 채근하는 잔소리가 줄었다. 느긋하게 아침을 맞이하는 하루하루가 좋았다. 아이를 유모차에 태워 산책할 수 있는 여유도 주어졌다. 이 행복은 오롯이 막내가 나에게 선물한 것이었다.

달콤했던 1년의 육아 휴직도 끝이 보였다. 다시 복직해야 했다. 또다시 매일 똑같은 쳇바퀴를 타는 다람쥐 신세가 되었다. 점점 육아로 몸과 마음이 지쳐 갔다. 막내뿐만이 아닌, 위의 두 아이도 챙겨야 하니 몸이 열 개라도 부족했다. 초등학교 고학년에 접어든 큰딸, 엄마 껌딱지가 되어 화장실까지 간식 접시를 들고 따라오는 막내, 이 틈을 타 내 잔소리를 피해 종일 바깥에서 놀고 들어오는 둘째 아들 녀석까지. 세 아이 뒤치다꺼리가 힘에 부쳤다. 또 셋을 어떻게 잘 키울 수 있을지 막막했다. 한 번은 큰 딸아이 학원을 알아보러 가야 하는데 막내는 맡길 데가 없고 학원은 직접 발품 팔아 알아봐야겠고, 별수 없이 아기 띠를 매고 한 손은 둘째 녀석의 손을 붙들고 앞으로는 큰아이를 대동하며 학원가를 뒤지고 돌아다닌 날도 있었다. 육아 기간이 길게 늘어지다 보니 마치 내가 끝이 보이지 않는 긴 터널 속에 갇혀 버린 것만 같았다. '언제쯤 육아에서 벗어날 수 있을까? 정말 그날이 올까?' 생각만 해도 한숨이 나왔다. 나보다 잘나가는 주변 동기들을 볼 때는 '나도 저렇게 될 수 있었는데.'라는 헛헛함도 밀려들었다.

그날도 여느 때와 같이 퇴근 후 아침밥 먹고 쌓아 둔 설거지를 하고 있었다. 물소리가 요란하여 인기척을 느끼지 못했는데 언제 왔는지 막내아들 녀석이 뒤에서 나를 꼭 안아 준다. 그러면서 제 키 닿는 내 등 뒤 허리춤에 입맞춤한다.

"우리 태우구나! 언제 왔어? 엄마한테 뽀뽀해 준 거야?"

"응, 엄마, 나는 엄마가 세상에서 제일 좋아! 엄마는 누가 가장 좋아?"

"정말? 엄마도 태우가 세상에서 가장 좋아!"

삶의 피로가 한순간에 사라진다. 이뿐만이 아니다. 맛있는 것이 있으면 얼른 달려와 내 입에 쏙 넣어 주는 사람도 우리 막내다. 또 항상 잠자리에 들기 전에 와락 안겨서 내 볼에 입맞춤하며 말한다. "엄마, 사랑해요."

밖에서 힘든 하루를 보내고 온 날은 아이를 꼭 품에 안아 본다. 알 수 없는 힘이 샘솟는다. 아이의 여린 몸을 안고 있노라면, 사랑스럽다 못해 안쓰럽다. 나이 든 엄마여서 미안해진다. 종종 아이가 말한다. "엄마, 엄마는 절대 할머니 되면 안 돼. 엄마는 절대 죽으면 안 돼!"라며 눈물이 그렁그렁 한 채 나를 바라본다. 그런 막내를 보고 있노라면 더 젊게, 또 더 열심히 살아야 한다는 생각이 든다. 누군가는 나에게 이런 말을 한다. 어쩜 나는 막내를 키우느라 갱년기도 모른 채 지나갈 것이라고. 치열하게 살 수밖에 없는 운명을 타고났나 보다. 세 아이를 키우며 전쟁 같은 나날을 보냈다. 퇴근과 함께 아픈 아이를 둘러메고 병원으로 뛰어가야 했다. 또 어떤 날은 아이 맡길 데가 없어 전전긍긍하며 발을 동동 구르기도 했다. 회식도 마음 편히 간 날이 없었다.

세 아이의 육아로 힘이 들어 쓰러질 때마다 우리 막내가 한 말, 그 한마디가 나를 위로한다. "엄마, 나는 엄마가 세상에서 제일 좋아!" 참 듣기만 해도 마음이 따뜻해진다. 아니, 먹먹해진다. '내가 엄마구나. 아이 셋의 엄마구나!'

세상에서 가장 힘든 일이 자식 키우는 일이지만, 엄마가 된다는 것은 행복한 일이다. 아이를 키우는 과정은 힘들지만, 그 아이가 부모에게 주는 사랑은 그 무엇과도 비교할 수 없기 때문이다. 아이에게 엄마는 신이요, 우주요, 세상 전부다. 아이에게 엄마는 위대한 존재, 그 자체다. 엄마로 사는 삶이 힘들고 지칠 때 나를 향한 내 아이의 사랑 가득한 눈빛과 표정을 떠올려 보는 것은 어떨까? '신이 어디에나 함께하지 못하기에 어머니를 만드셨다.'라는 키플링의 말이 떠오른다. 엄마가 흔들리면 아이는 더 흔들린다. 엄마가 힘들어하면 아이는 힘조차 내지 못한다. 반대로 엄마가 행복하면 아이도 행복하다.

1-6.

'깜'이 되는 사람

_ 이시은

"물장사 하는 년이!"

커피도 물이니 물장사 맞지, 뭐. 그래도 막상 들으면 쓰린 말이다. 취객의 주정이었으면 좋겠다. 무례한 손님이 말했어도 그러려니 하고 넘기겠다. 같은 자영업자끼리, 아니, 이웃사촌끼리 이게 할 말인가. 밤새 치킨을 튀기던 근처 치킨집 사장이 어디서 술을 진탕 마시고 내 가게로 들어왔다. 이제 막 간판 불을 켰을 때였다. 사장은 두리번거리다가 등받이 소파 위에 누웠다. 곧 있으면 출근길 손님이 몰려들 텐데…. 서둘러 내보내야 하지만 쉽게 입이 떨어지지 않았다. 이럴 때면 여장부들이 부럽다. 초등학교 저학년까지 집에 남자가 오면 무서워서 장롱 속에 숨어 있었다. 청소년기까지도 낯을 많이 가렸다. 성인이 된 후에는 제법 밝아졌지만, 사람들 앞에서 말하려면 여전히 심장이 쿵쾅댔다. 장사한 지 일 년이다. 깡다구가 생길 때도 됐건만 현실은 그렇지 않았다. 여전히 이런 상황은 힘들다.

밖은 아직 푸른빛이 돈다. 스피커 밖으로 음악이 흘러나오기 전이다. 이 정적을 깨우는 건 드문드문 지나가는 자동차 소리와 눈 풀린 치킨집 사장의 거친 숨소리뿐이었다. 시계를 보니 7시가 넘었다. 마냥 기다릴 수 없어 일단 밖으로 나왔다. 출입구 옆 건물 통로로 갔다. 핸드폰을 꺼내 통화 버튼을 눌렀다. 혹여나 들릴까 싶어 손으로 입을 가리고 말했다.

"112죠?"

매장으로 돌아왔다. 치킨집 사장은 그새 잠들었는지 한쪽 팔을 바닥으로 늘어뜨린 채 코를 골고 있었다. 잠시 후면 출근길 손님들이 커피를 사러 올 테다. 멀찌감치 서서 '사장님~' 하고 조용한 목소리로 치킨집 사장을 불렀다. 꿈쩍도 안 한다. 이러다 깊은 잠이라도 들면 큰일이다. 마음 같아서는 마구 흔들어 깨우고 싶었지만, 손이라도 댔다가는 무슨 일이라도 벌어질 것 같았다. 경찰은 왜 이리도 안 오는지. 신고한 지 5분도 안 됐는데 마치 30분은 지난 느낌이다. 밖을 보니 하나둘 낯익은 얼굴들이 지나갔다. 조급하다. 더 이상 기다릴 수 없었다. 두근대는 가슴을 외면하고 큰 소리로 '빨리 일어나세요!'라고 소리쳤다. 이제야 반응을 보인다. 가만히 자리에 누워 시뻘겋게 충혈된 눈만 껌벅거리던 치킨집 사장이 몸을 일으켰다. 갑자기 '물 장사 하는 년'이라며 입에 담을 수 없는 욕설을 내게 퍼부었다. 한참 동안 퍼붓던 치킨집 사장이 입을 다물었다. 잠시 후 손이 허리춤으로 갔고 곧 벨트를 풀기 시작했다. 얼마나 쿵쾅대던지 심장 소리가 귀까지 들려왔다. 서둘러 바 안으로 들어갔다. 전날 싱크대에 엎어놓은 믹서기 통이 보였다. 왼손에는 믹서기 통 하나를 들고 다른 손으로는 수저통에 꽂혀 있던 긴 빵 칼을 뽑아 들었다. 여차하면 던지고 휘두를 참이었다. 치킨집 사장이 자리에서 일어났다. 그때 멀리서 사이렌 소리가 들렸다.

시간이 어떻게 지나갔는지 모르겠다. 화장실로 착각해서 벨트를 풀었던 거라며 말도 안 되는 소리를 지껄이는 치킨집 사장을 끌어낸 후 전쟁 같았던 아침과 점심 장사를 마쳤다. 해가 중천인데 몸과 정신은 한밤중 같다. 연신 커피를 내려서 그런 건지 아니면 마음이 안 좋아서인지 가슴이 답답하다. 공기를 좀 바꿔 볼까 싶어 출입문을 열었다가 우연히 옆 건물에서 청소하는 아주머니와 마주쳤다. 하소연하듯 오전에 있었던 일을 말했다. 위로의 말이라도 듣고 싶었던 것 같다. 가만히 내 이야기를 듣고 있던 아주머니는 말했다.

"사실…, 자기는 장사할 배포가 없지."

장사는 배포 없으면 못 하나? 가끔 이런 말을 들을 때마다 기운이 죽 빠진다. 첫 사업 실패했을 때 수억 원어치 재고를 강남에 있던 한 업체에 넘겼었다. 원가의 1/3도 안 쳐 줬었다. 그때 그 업체 대표는 여윳돈도 없는 주제에 왜 덤비냐며 주제넘지 말라는 말을 했었다. 유빈이가 초등학교에 입학했을 때 얼결에 반 대표가 됐다. 반 대표들이 모인 자리에서 학부모회장도 됐다. 이후로 학교폭력위원회, 식품 안전 지킴이 등 한 손으로는 셀 수 없을 만큼의 임명장을 받았다. 솔직히 말하면 내가 하는 일들이 구체적으로 뭘 해야 하는지 몰랐다. 담임 교사와 교무부장과 눈이 마주치는 바람에 얼결에 된 거다. 많은 연수와 업무처리, 회의 등에 서툴렀을 테다. 그때도 한소리 들었다.

"유빈 엄마가 이 자리에 있기엔 좀 어리긴 하지."

완벽하게 준비 안 된 걸 뻔히 알면서 성급하게 자리를 맡은 건 아닌지. 어쩌면 그동안 나의 결정에 가족들이 힘들 수도 있겠다는 생각이 들었다. 가족을 위해 장사를 시작했고, 유빈이를 위해 학교 일을 했건만 아이들과 눈 맞추며 식사할 시간이 없었다. 이러려고 임명장을 받은 게 아닌데….

목욕탕 의자에 쪼그리고 앉았다. 손님 없을 때 후다닥 한 끼 때워야 한다. 김밥 한 줄을 무릎에 놓고 두세 조각씩 입에 넣었다. 대충 씹어 넘기고 있을 때였다. '딸랑' 문이 열리는 소리가 났다. 아이스 아메리카노를 죽 들이켜 입에 남은 김밥과 함께 삼켰다. 아무 일도 없다는 듯 미소를 지으며 벌떡 일어났다. 목사님이었다. 지나가는 길이었다며 잘 지내냐 안부를 물었다. 나도 모르게 왈칵 눈물이 쏟아졌다. 한참을 목놓아 울었다. 엄마, 아내, 며느리, 사장, 회장…. 어린 나이에 맡은 역할들이 버겁다고 두서없이 쏟아냈다. 내 숨소리가 잔잔해질 때까지 기다리던 목사님은 천천히 입을 뗐다.

"이시은 집사님은 '깜'이 되는 사람입니다. 고난과 역경도 깜이 되는 사람에게만 주어져요. 해낼 능력이 있거든요."

특별한 사람이나 준비된 자만 자격을 갖는 게 아니다. 인생이 어찌 계획대로만 되겠는가. 계획보다 빨리 엄마가 되기도 하고 생각지도 않게 어떤 단체에서 대표를 맡기도 한다. 처음 맡은 역할이 완벽할 수 없다. 잘하기 위해 몸과 마음을 바쁘게 움직일 테지만 생각과 달리 만족스럽지 않은 결과물이 나올 수도 있다. 수많은 벽에 부딪히고 실수도 잦을 거다. 겪어 보지 못한 상황에 당황이나 좌절도 한다.

하지만 이런 어려움을 마주하는 것은 자격이 없어서가 아니다. 아무나 힘든 경험을 하지 않는다. 어떠한 상황에도 대처할 능력을 키우기 위한 연습이랄까? 이런 경험은 '깜'이 되는 사람만 겪는 특권이라고 말하고 싶다. 설령 준비가 안 된 채 자격을 가졌더라도 괜찮다. 빨리 자격이 생겼으니 이제부터 걸맞게 만들면 되는 거다. 순서가 바뀐 거다. 그뿐이다. 그 누구도 나의 자격을 논할 수 없다. 나 자신조차도. 낙심하지도 상처받지도 않아야 한다. 자격이 없어서가 아니라 있어서, 그래서 다양한 상황을 겪는 거다. 어떠한 상황에도 대처할 수 있도록 능력을 키우기 위한 연습 중이다.

오늘도 새로운 경험을 한다. 처음이라 어설프고 실수투성이다. 가끔 좌절도 한다. 그래도 괜찮다. 모든 것은 과정일 뿐, 해낼 수 있다. 난 '깜'이 되는 사람이니까.

1-7.
나를 위로해 준 말들

_ 이정윤

힘들고 지칠 때면 초콜릿을 찾는다.

쌍둥이를 키우는 13년차 직장인이다. 애 키우느라 정신없고 나 키운다고 바쁘다. 하루가 빼곡히 기록된 다이어리를 보고 있으면 뿌듯하다가도 한숨이 나올 때가 있다. 번아웃증후군이 올까 봐 노심초사하기도 하고 내가 지금 잘하고 있는지, 이게 맞는 선택인지 혼란스러워지기도 한다. 그럴 때면 책을 읽다 핸드폰에 메모해 둔 문장을 꺼내 읽는다. 초콜릿을 입에 넣으면 혀에서 살살 녹듯 간직해 두었던 문장이 내 마음을 살살 달래 준다. 그 달콤함에 빠져 다시 힘을 낸다.

"삶을 즐기는 것은 '~해야 한다'는 말을 줄이고 '~하고 싶다'는 말을 늘려 나가는 것이 그 시작이다."

—《만일 내가 인생을 다시 산다면》, 김해남

이 책을 쓴 저자는 30년 경력 정신분석 전문의이자 22년째 파킨슨병을 앓고 있다. 그런 그녀가 살면서 가장 후회하는 게 있다면 인생을 숙제처럼 살아온 것이라고 한다. 어느 날 바쁘고 정신없이 사는 것에 익숙해져 있는 나를 발견했다. 아이를 키우는 기쁨을 느끼기보다 부족하지 않은 엄마가 되기 위해 급급했다. 회사 업무에 기쁨과 만족을 느끼기 전에 쫓기듯 일했다. 할 수 있는 일과 할 수 없는 일을 구분할 틈도 없이 모든 것을 스스로 하려고 했다. 생활뿐 아니라 책을 읽는 태도도 비슷했다. 책의 내용을 이해하고 생각하기보다 완독에 초점을 맞췄다. 새벽 기상에 성공하지 못하면 하루를 시작하기도 전 자책감에 빠졌다. 기상 인증, 만보 인증, 바인더 인증…. 하고 싶은 일보다 해야 하는 일을 스스로 규정짓고 그 안에 나를 집어넣었다. 뭐라도 하지 않으면 큰일이라도 날 것처럼 불안해했다.

이 문장을 읽으며 깨달았다. 세상에 나를 맞춰 살 필요는 없다. 모든 일을 다 해야 할 필요는 없다. '해야 한다.'라는 결정은 내가 정하는 것이다. '하고 싶다'도 내가 정하는 것이다. 해야 하는 일은 숙제와 같아 시작 전부터 부담스럽다. 하고 싶은 일은 상상만 해도 즐겁다. 하고 싶은 일을 하면 된다. 급할 필요도 없다. 천천히 여유를 가져도 된다. 시속 200km로 달리면 주변에 뭐가 있는지 모르나 시속 20km로 달리면 하늘도 보이고, 꽃도 보이고, 나무도 보이고, 다른 차들도 보인다. 해야 하는 일에 급급하게 얽매이는 것이 아니라 하고 싶은 일을 하며 살아야 내 인생이 보인다.

"인간은 노력하는 한 방황한다."

— 괴테

쌍둥이를 낳고 2년 키우다 복직했다. 아침 6시 50분에 집을 나와 저녁 7~8시에 들어갔다. 늦는 날은 집에 도착하면 밤 9~10시다. 엄마와 떨어지는 시간이 많아지자 아이들의 불안이 심해지기 시작했다. 기질적으로 예민한 아이들의 상태가 안 좋아졌다. 손톱은 물어뜯어 피가 났고 어느 날은 발톱을 물어뜯었다. 키즈 카페에서는 엄마가 사라질까 제대로 놀지 못하고 눈치만 살폈다. 잠들기 전에는 서로 자기 옆에서 자라고 수십 번을 말했다. 마음이 아팠다. 걱정됐다. 회사를 계속 다녀야 하는 건지, 아이들을 이렇게 키워도 되는 건지, 해 줄 수 있는 건 없는지, 뭔가 좋은 방법은 없는지 고민했다.

내가 할 수 있는 것은 닥친 상황에 적합한 방법을 찾는 것이었다. 불안을 낮춰 주기 위해서 아이의 마음을 읽어 주고 아이가 원하는 것을 설명했다. 평일에는 함께하지 못하더라도 주말이면 아이들과 어떤 추억을 쌓을지 고민했다. 집 근처 공원, 놀이터로 함께 나가 신나게 놀았다. 아이가 즐거워하는 물감 놀이를 했다. 아이가 좋아하는 피카츄 퍼즐을 구매해 함께 맞췄다. 아이들을 위해 할 수 있는 최고의 방법을 고민했다.

괴테의 말이 나를 위로했다. 고민하고 방황하는 것은 성장을 위한 과정이다. 지금 고민하고 방황하고 있다면 잘살고 있다는 증

거다. 잘하지 못해서가 아니라 더 잘하기 위한 애씀이다. 아직도 엄마로서 방황하고 있다. 앞서 말한 고민이 해결되고 나니 또 다른 고민이 생긴다. 가지고 싶은 건 모두 사 달라고 하는 아이에게 돈의 개념을 어떻게 가르쳐야 할지, 멋대로 고집을 피우면 훈육을 어떻게 해야 할지 고민한다. 아이가 성인이 될 때까지, 어쩌면 엄마 역할이 끝날 때까지 고민할지도 모른다, 엄마로서 더 잘하기 위한 노력은 멈추지 않을 것이다. 성장을 위한 이 과정을 즐길 것이다.

"인생에 손해 같은 건 없어."

—《가녀장의 시대》, 이슬아

이슬아 작가의 소설 《가녀장의 시대》에 나오는 대사다. 연애를 모든 남자와 다 해 봐야 할 것 같다며, 안 누리면 손해인 것 같다는 딸의 말에 엄마가 한 대답이다. 살다 보면 선택해야 하는 상황이 많다. '잘했구나' 싶을 때도 있지만 이게 맞나 싶을 때도 있다.

여러 명의 가수가 포르투갈에서 노래를 부르는 프로그램을 본 적이 있다. 리스본의 한 지하철역 앞에서 버스킹하고 있는 모습이 좋아 보였다. 노래를 잘 부르는 것도 부럽고 가수라는 직업 때문에 멋진 장소에서 사람들의 환호를 받으며 노래를 부르는 모습도 부러웠다. 꼭 가 보고 싶은 여행지라 더 그랬다.

그 당시 나는 돌도 안 된 쌍둥이를 돌보고 있었다. 아이가 울면 왜 우는지 알 수 없었고 동시에 울면 누구부터 안아 줘야 할지 혼란스러웠다. 내가 울고 싶었다. 퇴원해서 집에 온 지 얼마 안 된 둘째는 호흡을 잘하고 있는지 계속 살펴야 했다. 머리카락이 뒤엉킨 채로 끼니는 대충 해결했고, 밤에는 잠을 잘 자지 못했다. 연예인의 삶이 부러웠다. '나도 저기 가고 싶다' 하는 마음으로 가득했다.

그로부터 5년이 지난 지금. 마음이 바뀌었다. 전혀 부럽지 않다. 사랑스럽고 건강한 쌍둥이가 곁에 있고 조금만 더 자라면 같이 포르투갈에 갈 수도 있을 것 같다. 혼자 여행하는 것보다 즐겁고 의미 있을 생각에 설렌다. 그 가수들은 가수라는 삶을 선택했고 나는 엄마라는 삶을 선택했다. 세월이 지나고 나니 인생에 손해는 없다는 구절에 공감이 된다. 선택에 따라 결과가 달라질 뿐 손해 보는 일은 아니었다.

인생은 선택의 연속이며, 행복은 자신의 선택에 책임을 지는 태도에서 비롯된다. 티셔츠 한 장을 고를 때도 검정과 하양 사이에서 고민하게 된다. 아메리카노 한잔을 마실 때도 뜨거운 것과 차가운 것 사이에서 갈등하게 된다. 검정 티셔츠를 골랐다면, 하얀색 티셔츠에 대한 미련을 버려야 한다. 검은색의 매력과 나름의 특성에 만족하며 즐길 수 있어야 한다. 세상에서 가장 아름다운 색이 검정이라는 마음으로, 그렇게 하루를 보내야 한다. 검은색 티셔츠를 고른 나의 안목과 선택에 만족하고 감사하며 살아가는 것이다. 아이스 아메리카노를 골랐다면, 뜨거운 커피에 대한 집착을 버려야 한다. 세상에서 가장 맛있는 커피가 아이스 아메리카노라는 생각으로, 그런 선택을 한 나의 결정과 판단력을 최선으로 여기는 태도로 살아야 한다. 검은색 티셔츠와 아이스 아메리카노. 어찌 보면 별것도 아닌 것처럼 보이지만, 그 선택에 최고 점수를 줌으로써 삶을 대하는 자신감과 자존감까지 높일 수 있다. 모든 순간에 있어 나의 선택에 최선을 다하고, 그 결과에 책임지겠다는 마음으로 살아가면 어떤 선택에도 행복하게 살아갈 수 있다.

1-8.

'말하는 대로'의 힘

_ 장진숙

대학 병원 간호사라는 직업을 그만두고 병원을 떠나던 날. 엄마는 남들 다 참고 다니는 직장을 뭐 그리 못 참아서 그만두냐고 했다. 나는 '못 참는' 사람인 걸까. 종일 잠에 빠지기도 했고, 12시간 연속으로 드라마를 보기도 했다. 직장을 그만두었는데도 마음은 편치 않았다. 이대로는 방황하는 마음을 잡을 수 없을 것 같았다. 미국으로 떠나기로 결심했다.

부모님께 '한국을 떠나겠다.'라고 말하러 시골집에 갔다. 내가 이민 이야기를 하면 엄마는 늘 건너 들은 이야기를 했다. "엄마 아는 사람 딸이 너처럼 미국 간호사 자격증을 가지고 미국에 갔는데, 1년 만에 가져갔던 5천만 원 다 쓰고 병원에서 피 묻은 기저귀나 빤다. 미국에서 도와줄 사람도 없어서 너도 그렇게 될 수 있어." 미국 간호사 자격증을 취득해서 미국에 갔지만 적정 영어 점수를 통과하지 못해 병원에서 피 묻은 거즈를 치우는 사람에 대한 엄마식 표현이다. 영어를 잘하지 못해도 내가 할 수 있는 일이 있다는 말로 들렸다. 나의 기세가 전과 달라서인지 엄마는 내가 떠날 수도 있다는 것을 받아들이는 눈치였다. 이제 훌가분하게 떠나기만 하면 된다. 가벼워진 마음으로 집 뒤에 올라 불 켜진 농촌 읍내를 내려다봤다. 가만히 눈을 감고 앞으로 펼쳐질 간호사 생활을 시뮬레이션 한다. 중환자실에서 만났던 침대를 꽉 채운 심근경색증 환자, 내가 앞으로 일하면서 만나게 될 덩치가 큰 외국인 환자. 무거운 캐리어를 들고 나면 바로 손목이 아파서 파스를 붙이는 내가 그들의 체위 변경을 잘 도울 수 있을까? 하는 현실적인 걱정이 생겼다. 하늘을 올려다보니 구름에 보름달이 걸려 있다. 보름달이 구름에 다 가려지자 외국 공포 영화에서 봤던 늑대 인간이 떠오르고 어디에선가 늑대 울음소리가 나는 것 같았다. 양팔에 소름이 쫙 돋고 등이 서늘해졌다. 그리고 내가 미국 간호사가 되기 위해 혼자서 떠날 수 없다는 것을 알 수 있었다. 다시 난 삶에서 갈 길을 잃었다.

그저 그런 일상을 보내던 중 대학 병원을 그만두고 공무원 시험을 준비하는 간호사가 입사했다. 그녀는 매일 공무원을 예찬했다. 공무원은 교대 근무를 안 해요. 주말에도 쉴 수 있어요. 점심시간이 한 시간이에요. 자기가 맡은 일만 하면 돼요. 자꾸 듣다 보니 생각해 본 적 없던 공무원의 삶이 내가 가야 할 길 같았다. 2011년 7월 두 번째 본 공무원 시험에 떨어지고 매일 축 처진 어깨를 하고 신설동 학원으로 갔다. 시험이 끝난 지 얼마 지나지 않아 학원에는 사람들의 웅성웅성한 소리가 밀물에 들어오고 썰물이 나가듯 했다. 합격한 사람의 웃음소리는 길지 않았다. 간호직 공무원 시험 경쟁률이 치열한 탓이다. 매일 지쳐 있던 그런 날 무한도전 서해안 가요제에서 유재석과 이적이 함께 만든 '말하는 대로'라는 노래를 들었다. '말하는 대로'는 지금 유느님이 된 최고 스타 유재석이 앞날이 캄캄했던 20대, 무명 시절에 느꼈던 무력감과 그것을 극복하는 과정이 담긴 자전적 노래다.

'말하는 대로 말하는 대로 될 수 있단 걸 눈으로 본 순간 믿어 보기로 했지'

— 노래 '말하는 대로' 중

매일 어디서나 무한 재생으로 '말하는 대로'를 들었다. 가사 속 무력한 유재석이 내게 말했다. '정말 원하는 것이 뭐야?' 나는 지금까지 무언가에 미친 듯 달려든 적도, 끓는점을 넘었던 적도 없었다. 모든 일에 한발 거리를 두고 미지근하게 살았다. 아무것도 하기 싫은 무력감에도 남들에게는 계획이 있는 사람으로 보이고 싶었고, 스스로에게는 무언가를 하고 있다는 안도감이 필요했다. 공무원 시험도 그렇게 시작한 시험이라 합격이 중요하지 않았다. '말하는 대로 이루어진다.' 이 말만이 나의 구원의 동아줄이 되어 세상에 도움 되는 공무원이 돼 보기로 했다. 그리고 매일 간절히 '공무원이 되겠다.'라는 말을 하고 공무원이 되어 있는 나의 모습을 상상했다. 말하는 대로 2012년 나는 공무원 시험에 합격했다.

필요할 때는 간절히 바라지만 그 문제가 해결되면 그 일을 이루기 위해 했던 일은 우선순위에 밀려 잊어버린다. '말하는 대로'의 힘을 공무원 합격으로 경험하고, 믿었지만 생활이 평온해지자 이 마법의 열쇠를 잃어버렸다. 그리고 다시 힘든 상황이 닥치자 '말하는 대로'의 마법을 꺼낸다.

아침에 눈 뜨고 '나는 참 운이 좋은 사람이다.'라는 확언으로 하루를 시작한다. 뇌에 새겨지도록 반복해서 말하며 7~8분 걸어 버스 정류장에 간다. 오전 7시 31분, 한 개의 빈자리가 있는 300번 버스가 전 전역에서 오고 있다. 300번 버스가 정류장으로 들어오자 앞으로 나오는 사람은 나까지 세 명이다. 내가 긴 팔을 흔든 덕분인지 버스는 바로 내 앞에서 멈췄고 눈앞에서 문이 열렸다. 나는 발을 앞으로 두 발짝 움직여서 버스에 탔다. 버스 안에 빈자리는 없고 다섯 사람이 서 있었다. 발 디딜 틈 없는 버스가 아닌 것에 감사하며 '나는 정말 운이 좋은 사람이다.'라는 말을 몇 차례 말한다. 다음 정류장을 알리는 안내음에 어디선가 벨 소리가 났다. 바로 내 등 뒤에 앉아 있던 아주머니다. 나만 아주머니 옆에서 있어 빈자리는 내 차지가 됐다. 의자에 앉아 가만히 눈을 감고 내게 좋은 운을 보내 준 우주에 '감사합니다.'라고 화답한다. 오늘도 내가 말하는 대로 운이 좋은 하루가 시작되고 있다.

우리가 무심코 하는 말과 생각은 말의 씨앗을 심는 일이다. 말의 씨앗은 텅 빈 껍질에 감싸 있기도 하고, 꽃이 맺혔다 떨어지기도 하고, 속이 썩은 과일을 냈기도 하고, 모두가 원하는 탐스러운 과일을 맺기도 한다. 우리는 달고 맛있는 열매가 맺힐 수 있는 긍정적인 말을 매일 심어야 한다. '말하는 대로'는 소원을 이루어 주는 지니의 램프고 신데렐라 속 요정과 같은 마법의 열쇠다. 내가 어떤 말을 많이 하는지 들여다보면 말하거나 생각하는 말이 부정적이든 긍정적이든 이루어지고 있다. '나는 운이 참 좋아'라고 계속 말하면 작은 일도 나에게 운 좋은 일이 되고, '나는 왜 되는 일이 없을까?'라고 말하면 지나가다 부딪힌 돌멩이도 나를 힘들게 하는 것이 된다. 나의 말을 아무도 안 듣는 것 같지만 파동을 타고 우주에 전달되고 있다. 신데렐라의 마법이 풀렸던 12시, 말이 이루어진 순간이 되면 우리는 말하는 대로의 마법의 힘을 잊고 그냥 살아간다. 이제는 12시가 되면 땡 하고 깨지는 마법이 아닌, '말하는 대로'가 일상이 되는 삶을 살아가려고 한다.

1-9.

사랑하기 위한 거야

_ 정유나

20대 후반. 내가 가지고 있던 거의 모든 것을 잃었다. 돈도 제법 잃었고 직장도 놓치고 사람들과도 멀어졌다. 종일 앉아 지냈더니 건강도 예전만 못했다.

잘 다니던 회사를 박차고 나와 노량진으로 향했고, 수험 생활을 시작했다. 생각보다 짧은 시간에 필기 시험에 합격하였으나 최종 면접에서 탈락했다. 열 명 중 한 명이 떨어졌는데 그게 나였다. 합격자 명단에서 나의 수험 번호를 찾을 수 없었을 때 책상에 얼굴을 파묻고 한참 동안 일어나지 못했다. 엎드려 어깨를 들썩이는 딸을 바라보며 공직에 몸담고 있던 딸 바보 아빠는, 다 아빠가 못나서라고 했다.

그 무렵 태어나 처음으로 병원 침대에도 누웠다. 혈관종 제거만 하면 되는 간단한 수술이라 했지만, 그 부위가 머리, 정확히는 귀 뒤쪽이라 전신 마취를 했었다. 수술 중 눈 안으로 약물이 들어갔나 보다. 각막이 손상됐다. 머리엔 붕대를, 왼쪽 눈에는 안대를 하곤 병원에서 며칠을 보냈다. 걱정하는 부모님 뵐 낯이 없었다. 어쩌다 여기까지 온 것인가. 수험 생활, 감사하며 기쁘게 해 보자 호기롭게 시작할 때는 언제고 아무것도 남은 게 없다. 몰골은 또 이게 뭐람. 병실에 앉아 있는데 침대 시트로 물방울이 뚝뚝 떨어졌다. 참고 싶은데도 계속 떨어졌다.

'너 나를 사랑하느냐.' 예수가 베드로에게 했던 질문이 마음 깊숙한 곳에서부터 올라왔다. 어떤 상황에서도 사랑하며 살겠노라 다짐했건만, 밑바닥이라 생각되는 그때에도 마음 변치 않을 수 있는지 시험받고 있는 것 같았다. 다시 마음 일으키고 싶었다. 강할 때 가졌던 마음, 약할 때라도 놓치고 싶지 않았다. 그래, 어둠 말고 사랑. 놓지 말자. 다시 힘을 내자.

10여 년이 흘렀다. 아홉 살 딸아이의 엄마다. 육아, 여전히 모르는 것도 많고 처음 마음과 달리 욕심도 났다. 내 몸 힘들 때는 별일 아닌 일에도 짜증을 섞었다. 놓지 말자 했던 사랑도 무지와 욕심, 건강하지 못한 몸과 마음에서는 설 자리가 없었다.

먹고 자는 기본적인 일조차도 쉽지 않았던 유아기 육아를 거쳐 이제 좀 괜찮아지나 했는데, 주제가 바뀌었을 뿐 여전히 쉽지 않았고 외동이라 해도 마찬가지였다.

어느 토요일. 그날따라 유난히 몸이 무거웠다. 전날 늦게 잠들어서일까, 생리 주기에 찾아온 두통 때문일까. 딸과 함께 도서관으로 출근했다. 남편은 주말마다 출근, 대학원 수업, 골프 등 번

같아 일정이 있었기에 그날도 집을 비웠다. 딸은 가져간 수학 문제집을 풀고 서가에 꽂힌 책을 읽으며 시간을 보냈지만 이내 지루해지는 모양이다. 노트북으로 영상을 봐도 되는지, 인쇄물을 출력해 줄 수 있는지, 자기가 직접 해 볼 수 있는지, 이것 말고 저건 어떤지, 친구를 불러 주면 안 되는지…. 이것저것 요구했다. 어째 머리가 점점 더 지끈거렸다.

집에 와선 후다닥 점심을 먹어 치우고 딸 비염 치료 차 예약해 둔 한의원에 갈 채비를 서둘렀다. 딸은 진료를 보기 전부터 아이스크림이 먹고 싶단다. 전날 차가운 것 먹고 목이 간질간질 기침이 나왔으니 먹지 않는 게 좋을 것 같다고 말했는데 괜찮아졌다고 했다. 진료 마치고 마트 갈 때 사주겠다는 말에 지금은 왜 안 되느냐 되물었다. 그러면서 거기 말고 롯데리아 아이스크림을 먹겠단다. 집과 반대 방향이다. 타이레놀 반 개를 복용하고 나왔지만 종일 두통이 사그라지지 않았다. 한 알 먹을 걸 그랬다. 집으로 돌아오는 길, 결국 근처에서 원했던 매장을 발견했고 딸은 바라던 아이스크림을 손에 넣었다.

가끔 원하는 바를 끈질기게 요구하는 딸을 보면서 우습지만 '누구든지 청하는 이는 받고, 찾는 이는 얻을 것'이라는 성경 구절을 떠올린다. 원하는 것에서 눈을 떼지 않는 딸을 보며 나의 바람을 생각해 보기도 하고 말이다.

자녀의 말 어디까지 수용해야 할지, 내 말은 어디까지 맞고 틀린지, 애매할 때가 많았다. 예를 들어 간식 문제에도 나조차 남편과 의견이 다를 때가 있었다. 식사 전 간식은 안 된다는 기본적인 전제는 같았지만, 친구들과 있을 때나 모임이 있을 때는 서로 다른 예외를 두기도 했다. 이뿐인가. 간식을 식사 몇 시간 전부터 주지 않아야 하는가에 대해서도 그때그때 달라졌다. 교육, 시간, 생활 습관, 선택권, 미디어…. 주제는 다르지만 아리송한 문제들이 계속해서 생겨났고, 하나의 주제에도 여러 고민이 주렁주렁 달렸다.

이번에는 핸드폰이다. 사용하지 않는 핸드폰을 밖에 가져가도 되는지 물었다. 개인 정보가 담겨 있고, 분실 우려도 있으며, 무엇보다 밖에서 핸드폰을 보고 있는 것이 마음에 걸렸다. "안돼." 손가락을 저으며 말했다. 왜 안 되느냐, 그럼 조금만 보겠다, 그래도 갖고 나가고 싶다…. 하면서 말이 이어졌다. 협상 가능한 일이라 여기는 걸까. 이렇게 시작된 대화에서 결국 화를 냈다. "마음대로 할 거면 엄마한테 왜 묻는 거야!" 딸도 같이 화가 났다. 쿵쾅쿵쾅! 방으로 들어가 버리는 태도에 마음이 더 심란해졌다. 이런 일이 있고 나면 그동안 괜찮은 엄마가 되려 했던 노력이 물거품 되어 버리는 것 같다. 어디서부터 잘못됐을까. 이대로 괜찮은 건지, 그동안 뭘 한 건지 의구심과 자괴감이 들었던 날이다.

저녁을 먹고 온다는 남편에게 낮에 있었던 딸과의 일에 대해 늘어놓았다. 집에 오면 얘기하자 생각하면서도 이미 말이 튀어나가 전화기 너머 남편의 귀로 들어갔다. "나도 저번에 그랬잖아. 그래서 산 책이 그거야. 한 번 읽어 봐."하고 말한다.

몇 달 전 남편은 딸과 다퉜다. 아니 딸의 태도에 상처를 받았다.

좀처럼 화내지 않는 사람인데 표정을 거둔 채 딸을 방으로 불러 한마디 했다. 마음이 무거웠던 남편은 그날 오후 밖으로 나가 혼자만의 시간을 보내고 들어왔다. 해가 질 무렵 집으로 들어설 때 남편의 손에는 한 권의 책이 들려 있었다. 《나는 오늘도 너에게 화를 냈다》. 제목이 그날의 남편에게 어찌나 찰떡인지 피식 웃음이 났었다.

내가 딸과 다투고 상심했던 날, 이번에는 그 책을 나에게 추천해 주는 것이다. 아이 키우며 겪는 여러 가지 어려움 우리만 느끼는 게 아닌 것 같다며, 도움 될 만한 내용이 있을 거라고 하면서.

며칠 후 저녁 시간 오랜만에 한자리에 모였다. 소아정신과 의사 지나영 교수 TV 강연 중이었다. 난임 치료를 오래 받았지만, 아이가 생기지 않았다고 했다. 잘 키울 자신 있는데 허락되지 않아 아쉽다는 이야기를 엄마에게 털어놓았단다. "자식은 잘 키우려고 낳는 게 아니야." 지나영 교수 어머니의 말이었다. 잘 키우려고 낳는 게 아니라고? 그럼 뭐지? 궁금함에 눈을 떼지 않고 화면을 응시했다. "사랑하려고 낳는 거야…."

내가 가장 좋아하는 말 '사랑', 가장 살고 싶은 삶 '사랑'이었다. 살고 싶은 대로 살지 못하고 있던 나는 화면을 관통해 나오는 그 말에 금세 눈이 시큰거렸다. 사랑을 놓치고 있었던 나는 변명도 할 말도 잃은 채 잠시 그 자리에 멈췄다. 잘 키우려 하지 않아도 좋다. 사랑하기만 하자고 하는 그 말에 부끄러웠고, 한편으론 그 말이 한 줄기 빛처럼 다가왔다. 그 후 어머니 말에 지나영 교수는 있지도 않은 아이를 잘 키우려는 욕심 대신 어떤 아이든 사랑해야겠다고 결심하고 아동 후원을 시작했단다.

돌아보니 '건강하고 올바르게 잘 키우자' 했던 마음에, 욕심도 함께 자랐다. 싫어하는 줄 알면서도 숟가락에 반찬을 올렸고, 딸을 위한다는 규칙은 때때로 기준 없이 흔들렸다. 잘 키우자는 마음 안에 잘 따라왔으면 하는 속내가 더 컸다. 물론 잘 키우는 것 중요하다. 하지만 먼저 사랑하기 위한 존재라는 걸 놓치고 싶지 않다. 모르는 건 배우고 욕심 날 땐 한걸음 물러나 믿어 주자 다짐한다. 건강한 신체에 건강한 정신이 깃들 듯, 잘 사랑하기 위해 체력도 좀 길러야겠다고 생각한다.

사랑은 욕심도, 잔소리도 아니다. 사랑은 믿음이다. 딸이 친구와 인라인스케이트를 타러 간다고 했다. 조심해라, 안전 장비 꼭 착용해라, 넘어지지 않게 조심하고, 가방도 잘 챙겨라…. 예전 같았으면 한참 잔소리했을 거다. 이번엔 그러지 않았다. "엄마는 우리 주희 믿어!"

딸은 환한 표정으로 집을 나섰다. 최고의 가르침은 웃는 법을 가르치는 거라는 니체의 명언이 떠올랐다. 그러면서 동시에, TV 강연에서 들었던 말도 떠올렸다. 잘 키우려고 낳는 게 아니라 사랑하려고 낳는다.

1-10.

말이 보약이다

_ 차휘진

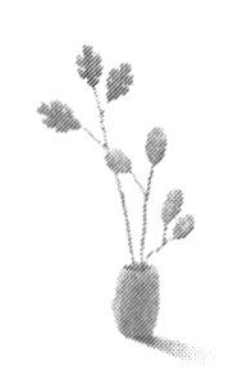

"잘될 수밖에 없는 얼굴이야."

살면서 딱 한 번 들었다. 글만 보면 오해할 수 있지만, 내 얼굴은 평범하다. 들은 지 몇 년 지났는데, 신기하게도 한 번씩 생각난다. 지쳐서 고개가 아래를 향할 때, 가끔 생각나서 멈칫하게 만든다.

스파르타 상사, 난이도 극상에 극악의 업무량, 종종 멈추던 사양 낮은 PC. 삼박자가 한번에 맞아떨어졌던 시기가 있다. 한 가지 일을 해결하는 동안 새로운 일들이 쏟아졌다. 근처 편의점 한 번 다녀오는 게 몇 안 되는 낙이었다. 어느 정도 해결하고 한시름 놓았다가, 곧 업무 관련 전화가 와서 사무실로 달려가곤 했다. 최선을 다해도 혼나기 일쑤였다. 잦은 야근 덕분에 일하다 쪽잠 자는 게 익숙해졌다. 어디서든 씻을 수 있는 세면 용품들은 늘 준비 완료였다. 집은 씻고 옷 갈아입기 위한 장소일 뿐이었다. 물리적인 이유 다 뒤로 하고, 분노가 담긴 상사의 말들이 아팠다. 상황이 종료된 후에도 들었던 말이 마음에서 맴돌았다. 마음을 찌르고, 고개를 들지 못하도록 눌러 버렸다. 자존감은 바닥을 기어다니고, 소리를 낼 수 없는 신음이 연이어 나왔다. 감정을 죽이고 머리만 써서, 신속하게 일을 해결하는 게 최선이었다. 상황이 나아지리라는 기대는 사치였다.

서류 업무에 치여 있던 어느 날, 삐걱삐걱 고장 난 로봇처럼 복사기가 있는 사무실로 걸어갔다. 복사기 앞에서 출력이 마치기를 기다리던 중, 선명한 목소리가 들렸다. "잘될 수밖에 없는 얼굴이야." 출처는 대화 한 번 제대로 나눠 보지 못했던 선생님이었다. 말의 앞뒤에 맥락이 없었다. 왜 그 말을 해 주셨는지 다른 설명은 없었다. 나한테 한 말이 맞는지 티 안 나게 상황을 확인했다. 그때 그 심정을 무슨 말로 표현할 수 있을까. 잘될 수밖에 없는 얼굴이라고? 내 사전에는 없던 말이다. 사무실을 나온 뒤에도 생각났다. 걸음이 조금 힘차게 나가는 느낌이었다. 자리에 돌아와서 곱씹어 보는 동안 뭔가 달라진 기분으로 업무를 시작했다. 태도나 업무 성과, 인격 등 노력해서 만든 것에 대한 인정의 말은 없었다. 담백했다. 오히려 힘이 되었다. 무리하게 애쓰거나 과장하지 않은 나 자신인 것만으로도 잘될 수 있다는 확신 담긴 응원으로 들렸다.

잘될 수밖에 없는 얼굴이라는 말은, 가진 것 하나 없어도 잘될 수밖에 없는 사람이라는 의미로 받아들여졌다. 잘될 것만 같은 기분이 들었다. 이런 밑도 끝도 없이 잘되겠다는 희망을 내가 가져도 되나? 히어로 영화의 주인공이나 듣는 말처럼 낯설었다. 달라진 상황은 없지만, 견뎌 내는 힘이 조금 생겼다. 그 후로 한 번씩 나는 잘될 수밖에 없다는 말이 생각났다. 누가 시키지 않았지만, 어느새 나 자신에게 잘될 수밖에 없다고 말해 주게 되었다. 시간이 꽤 지난 뒤에는 어느 순간부터 주변에서 '잘할 거잖아', '잘할 거야', '잘할 것 같은데?', '잘하잖아', '잘하면서 왜 그래?' 이런 말들을 해 준다. 어렸을 적 그림 잘 그린다는 말 이후로는 들어보지 못했다. 낯설지만 기뻐서 속으로 웃었다. 이제는 자신 없다고 말하면 농담인 줄 아는 동료도 있다.

잘될 수밖에 없다는 말을 들었을 때, 부정하고 받아들이지 않았더라면 이런 경험은 없었을지도 모른다. 그 뒤로도 여러 말들이 마음 안에서 영향을 주고받았다. 그러면서 생각도, 마음도, 살아가는 모양도 조금씩 달라졌다. 시간이 꽤 걸리긴 했지만, 상황도 나 자신도 변해 갔다. 이제는 애써 노력하지 않으면 힘들었던 그때가 잘 기억나지 않을 정도다. 기억이 나더라도 단순한 과거의 기억 중 하나일 뿐이다. 어느 노래의 가사처럼 틀림없이 끝이 있었다.

말은 마음을 회복시키는 약이 된다. 당장 큰 효과가 보이지 않더라도, 땅속에서 새싹이 자라나듯 눈에 보이는 변화된 상태를 만난다. 하루를 견디기도 버거웠던 그때의 나는 상상하지 못했던, 더 나은 하루하루와 이전보다 건강해진 자신을 발견할 수 있도록 도움을 준다.

23년 6월 나에게 인형을 선물하겠다고 결정했다. 그때, '이제 힘이 좀 생겼구나' 이런 말이 떠올랐다. 인형 구매는 스물세 살 미국 여행 이후로 처음이다. 성인인 나를 위해 인형을 산다는 건 사치라고 생각했다. 이십 대 중후반쯤, 오랜 시간 집을 비운 사이 어릴 때부터 소중히 아껴 온 인형들이 없어졌다. 어찌 된 일인지, 인형이 채우고 있던 장식장이 텅 비어 있었다. 한참 동안 빈 장식장만 바라봤다. 울지도 화를 내지도 못했다. 무슨 말을 해야 할지, 무엇을 해야 할지 떠오르지 않았다. 인형을 되찾기 위해서 나름대로 노력했지만, 찾지 못했다. 동시에 마음의 방 한 칸도 비어 버렸다. 그래도 삶은 살아가야 하니, 어찌할 줄을 모르고 마음을 그 상태 그대로 두고 살았다. 할 수 있는 게 떠오르지 않아서, 없던 일인 것처럼 애써 잊어버린 척했다. 몇 년을 그렇게 흘려보냈다.

서른셋을 지나가는 중, 문득 그런 생각이 들었다. 인형을 사야겠다. 내가 나에게 사 줘도 되잖아? 그래, 어딘가 공허한 상태 그대로 둘 이유는 없다. 다른 누군가 나서지 않아도, 스스로 상실을 채워 주자. 아, 이제야 내 상태를 돌보고 자신을 위해 움직일 힘이 생겼구나. 이런 나를 보고 있자니 왜인지 울고 싶었다. 숨이 가빠지려다 깊어지기를 반복했다. 내가 나를 방치할 이유는 없다. 누군가가 나에게 잘해 주기를 바라기 전에, 내가 나에게 잘해줘도 된다. 스스로 살피고, 내가 나를 도와도 된다고 말해 준다. 마음속 어딘가에서 멈춰 있던 태엽이 움직이는 느낌이다. 그동안 방치했던 나에게 미안하다.

펜은 칼보다 강하다고 들었다. 짧은 인생 겪어 보니, 강하긴 강하다. 보이지도 만져지지도 않는 것이 참 오래간다. 말은 사람을 아프게도 했고, 치유하기도 했다. 응원과 지지, 인정을 말은 보약이 된다. 당장 직접적인 효과가 보이지 않아도 마음을 회복시키고 강하게 만든다. 존재를 인정하는 말은 최선을 다해도 부족하고 인정받지 못할 거라는 생각을, 지금 당장은 힘들더라도 언젠가 잘될 수밖에 없는 생각으로 바꿔 버린다. 상황이 어떠하든 마음 한편에서 힘을 준다. 말과 행동이 달라지게 만든다.

힘낼 수 있도록 선물 같은 말을 건네주신 분들에게 감사하다. 그리고 끝이 보이지 않을 정도로 힘들었던 시기를 거쳐 지금까지, 버티고 노력해 준 나에게 고맙다. 그리고 앞으로 더 나은 삶이 있을 거라고 말해 주고 싶다.

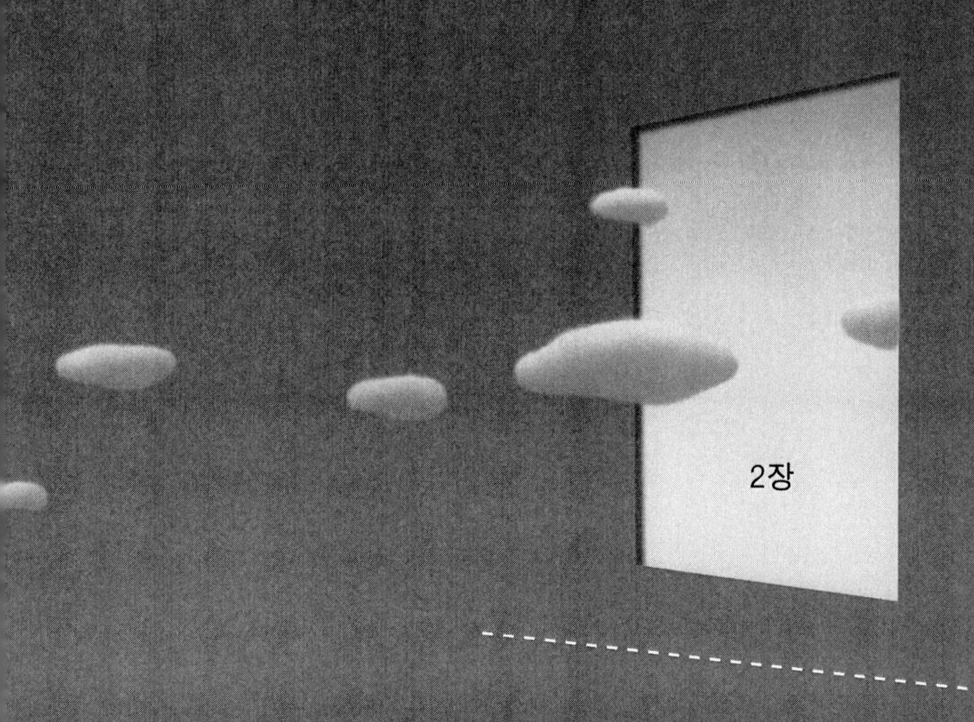

2장

포기하려는 순간, 다시 일어서게 해 준 말

2-1.

한 번만 더, 한 시간만 더

_ 강선화

벌써 3년째다. 아침 8시 막내가 등교할 때 나도 연구소로 출근한다. 맘 잡고 컴퓨터 앞에 앉아 시계를 본다. 저녁 6시. 강의하고, 학생 상담하고, 연구소에서 일하다가 하루가 다 갔다. 어제 쓰다 만 화면 속 글을 한참 들여다본다. 뭐라 이어 써야 할까? 지도 교수를 만나고 오면 원점으로 돌아간 느낌이다. 같은 책을 서너 번이나 읽었는데도 마치 처음 읽는 것 같다. 모르는 단어는 사전을 찾아 메모한다. A5 크기의 작은 책은 행간이 적어 써 놓은 메모는 알아보기도 어렵다. 책을 통째로 컴퓨터에 입력했다. 한국어로 번역도 했다. 번역한 것을 서너 번 읽고 또 읽었다. 읽어도 이해가 안 되는 것투성이다. 컴퓨터 화면처럼 내 머릿속도 하얘진다.

1년 동안 자료를 모으고 분류했다. 근거 자료가 부족하다고 해서 한국어 사전과 다섯 권짜리 몽골어 사전에서도 자료를 모았다. 2년 걸렸다. 다시 분류하고 분석했다.

경비 아저씨는 저녁 8시, 10시, 11시가 되면 문을 열어 사람이 있는지 없는지를 확인했다. 주말에도 연구소에서 지냈다. 자정이 되어서야 퇴근했다. 컴퓨터 앞에 앉는다고 해서 바로 글을 쓸 수 있는 날은 거의 없었다. 음악도 듣고 책도 뒤적이고 여기저기 사이트도 기웃거리고, 차도 마시며 집중하기 위해 어느 정도 시간이 필요했다. 어떤 때는 딴짓만 하다가 돌아오는 날도 있었다. 대부분은 저녁이 되어야 집중이 되었다.

가끔 이 나이에 무슨 영화를 보겠다고 이 짓을 하고 있나 싶기도 했다. 논문은 한국어로 쓰는 것도 쉽지 않다는데 몽골어로 쓰겠다고 덤빈 내가 한심해 보였다. 어느 날부터였을까. 손목도 아프고 허리도 아프고 급기야 목덜미도 아프더니 잠잘 때도 어깨가 아파 잠을 잘 수가 없었다. 밤마다 끙끙댔다. 일어나지도 못했다. 눈물도 났다. 그렇게 몇 주가 흘렀다. "병원에 가자." 남편이 말했다.

다른 때 같았으면 무슨 병원이냐고, 며칠 이러다 나을 거라고 했을 텐데. 그날은 아무 말 없이 남편을 따라나섰다. 한몽 한방병원, 코이카(KOICA) 해외 봉사 단원들이 진료하는 병원이다. 아침 일찍 갔는데, 한국 의사들은 마침 한국 출장 중이다. 현지인 물리치료사에게 마사지도 받고 치료도 받았다. 꼬부리고 앉은 자세로 얼마나 오래 있었는지 몸 곳곳의 근육이 뭉쳐서 살짝만 건드려도 악 소리가 났다. 부항을 뜨고 목덜미와 어깨를 시작으로 등 전체를 마사지한다. 온찜질에 적외선 치료, 전기 치료를 받는다. 전류가 흐를 때마다 찌릿찌릿하다. 온찜질은 온몸이 나른해지다가 잠이 들 즈음 치료가 끝난다. 일주일에 세 번, 매번 한 시간 반씩 치료를 받을 때는 힘겨웠지만 돌아올 때는 개운했다.

학교로 돌아와 컴퓨터 앞에 앉는다. 오후가 되면 허리가 아프기 시작한다. 손바닥도 빨갛게 달아오르고 손목도 시큰거린다. 저녁이 되면 발이 부어 신발이 맞지 않는다.

매일 반복되는 삶에 진절머리가 났다. 어제 읽고 메모하고 이해하고 외웠는데, 오늘 보면 처음 읽는 것 같았다. 한국어도 마찬가지였다. 종일 사전 자료를 입력했는데, 전기가 나가는 바람에 자료가 날아간 적도 있다. 읽고 쓰고 자료를 분석해도 늘 제자리였다. 소논문 하나도 제대로 쓸 수 없었다. 앞으로 몇 년을 더 해야 하는 건가. 큰아이가 고3을 지내고 대학에 갔다. 작은 아이도 이제 고3이다. 도대체 언제까지 아이들을 모른 척하고 이 일을 해야 하는가? 누가 알아준다고.

우연히 페이스북에 뜬 글을 읽었다. 피겨 선수 김연아의 글이었다.

"난 훈련하다 보면 늘 한계가 온다. 어느 땐 근육이 터져 버릴 것 같고, 어느 땐 숨이 목 끝까지 차오르며 어느 땐 주저앉고 싶은 순간이 다가온다.

이런 순간이 오면 가슴속에 무언가 말을 걸어온다. '이만하면 됐어, 충분해, 다음에 하자.' 이런 유혹에 포기하고 싶을 때가 있다. 하지만 이때 포기한다면, 안 한 것과 다를 게 없다. 99도까지 온도를 열심히 올려놓아도 1도를 올리지 못한다면 물은 끓지 않는다. 물을 끓이는 마지막 1도, 포기하고 싶은 바로 그 1도를 참아 내는 것이다. 이 순간을 넘어야 다음 문이 열린다. 그래야 원하는 세상으로 갈 수 있다."

물은 100도가 되어야 끓는다. 99도에서는 끓지 않는다. 1도가 부족하기 때문이다. 포기하고 싶은 그때, 마지막 '한 번만 더'가 다음 단계로 갈 수 있다. 남들 하는 만큼만 하다가는 죽도 밥도 되지 않는다.

그만두고 싶은 그때, 한 번만 더, 한 시간만 더, 오늘만이라며 그 일을 묵묵히 수행하는 것이 중요하다. 나는 포기하고 싶을 때마다 김연아의 1도를 생각한다. 헬스 코치들은 이렇게 말한다. '이만하면 됐어, 그만두고 싶을 때 하는 운동이 참 운동'이라고. 때려치우고 싶은 지금, 참고 쓰는 한 문장, 한 장이 논문이 된다.

논문 쓰기가 막바지에 이르렀을 때 관두고 싶어도 관둘 수가 없었다. 4~5년 동안 자료를 모으고 읽고 쓰고 고쳤다. 읽고 싶은 책, 만나고 싶은 사람들, 가고 싶었던 여행지. 포기했던 일들, 접어 두었던 꿈들이 포기하는 순간 물거품이 된다. 많은 사람이 보물이 있는 곳 바로 앞까지 열심히 땅굴을 파다가 포기해 버린다고 한다. 가장 어리석은 사람이라 아니할 수 없다. 끝까지 가는 게 중요하다. 힘들 때는 그저 버텨 내는 것도 중요하다.

우리네 삶이 그렇지 않은가. 속도보다는 방향이, 일시적인 열정보다 꾸준함이 더 중요한 것처럼. 누군가 옆에서 할 수 있다고, 한 번만 더 해 보자고 손 내밀어 주는 사람이 있다면 더할 나위 없다. 시작하면 끝은 언제가 온다. 토머스 에디슨은 '우리의 가장 큰 약점은 포기하는 것이다. 성공하기 위한 가장 확실한 방법은 항상 한 번만 더 시도해 보는 것이다.'라고 말했다. 포기하고 싶은 지금은 '한 번만 더'를 외칠 순간이다. 누가 아는가. 지금 하는 한 번이 내가 도달해야 하는 임계점의 마지막 시도일지를.

2-2.

다시 시작할 수 있습니다

_ 박정미

'무료 글쓰기 특강' 공지가 떴다. 화면을 보며 한참을 망설였다. 고민 끝에 신청서를 작성하고 제출 버튼을 눌렀다. 며칠 뒤 줌 강의실 입장 안내 링크가 문자로 왔다. 숨을 한번 크게 내쉬고 안내 링크를 눌렀다. 화면이 열렸다. 이미 몇 명이 들어와 있다. 잠시 기다렸다. 수업 시간이 다가오자 참가자들로 화면이 가득 찼다.

강의 시간 정확히 5분 전 화면이 선생님의 얼굴로 바뀌었다. 몇 년 만에 선생님의 얼굴을 뵀다. 약간 낯설었다. 큰 목소리와 수강생을 향해 정중하게 인사하는 모습이 인상적이었다. 예전에도 단 1초도 어김없이 정확하게 강의를 시작하던 모습이 떠올랐다. 변함이 없었다.

자료 화면을 보고 열심히 강의를 들었다. 필기도 꼼꼼히 했다. 어느 순간 선생님의 말씀이 멈췄다. 잠시 정적이 흘렀다. '화면이 정지된 건가?' 하고 마우스를 움직여 보았다. 정지 화면이 아니었다. 선생님이 말씀하셨다. “과거에 무슨 일이 있었든 상관없이 여전히 내 남은 삶은 온전히 백지입니다.” 두 시간이 어떻게 지나갔는지 모르게 훌쩍 지나가 버렸다. 한마디도 놓칠 수 없었다. 강의가 끝난 후 바로 자리에서 일어설 수 없었다. 지나간 시간이 밀물처럼 밀려왔다.

2016년 6월. 우연히 이은대 작가님이 쓴 책 《내가 글을 쓰는 이유》를 읽었다. 내 머릿속에는 늘 ‘글을 써야 한다’는 생각이 들어 있었다. 책을 많이 읽거나 글쓰기를 좋아해서가 아니다. 작가가 되고 싶은 꿈을 가지고 있었던 것도 아니다. 오래전 읽은 한 권의 책 때문이었다.

2006년 영주 여성 회관에서 진행하는 ‘독서 지도’ 프로그램에 참여한 적 있다. 그곳에서 필독서로 《치유하는 글쓰기》를 읽었다. 그 책을 읽은 후 살아가면서 ‘글쓰기가 필요하구나’라는 생각이 막연히 마음속에 자리를 잡았다. 생각만 하고 있었지 실제 글은 쓰지는 않았다.

《내가 글을 쓰는 이유》를 읽고 작가님의 블로그를 찾아갔다. 매일 글이 올라왔다. 깨달음을 주는 글과 강의 소식, 회원들의 출간 소식 끊이지 않았다. 당시 나는 ‘출간’은 감히 생각지도 못했고, 그저 글을 쓴다면 내 삶도 좀 나아지지 않을까 하는 기대를 가지고 어느 날 덜컥 글쓰기, 책 쓰기 수업을 신청했다.

신청하고 나자 걱정과 두려움이 몰려왔다. 당시에는 오프라인 수업밖에 없었다. 서울까지 수업을 들으러 직접 가야 했다. '왕복 여섯 시간이나 걸리는데, 서울까지 어떻게 가지?' '아직 아이들이 어린데.' '남편이 알면 뭐라고 할까.' '글 써 본 적이 없는데.' 무수한 핑계가 떠올랐다. 개강 날짜가 다가왔다. 도저히 수업에 참여할 자신이 없었다. '죄송합니다. 사정이 있어서 수업을 못 듣게 되었습니다.'란 뻔한 거짓말을 하고 결제를 취소했다.

2020년 9월. 코로나19가 한창이라 대부분의 현장 강의가 온라인으로 전환되고 있었다. 관심 있는 다양한 강좌를 살펴보다가 잊고 있었던 자이언트 글쓰기 수업이 생각났다. 이번에는 제대로 해야겠다고 마음먹고 수강 신청을 또 했다.

온라인 수업이어서 강의를 듣는 것은 문제없었다. 얼마든지 들을 수 있었다. 그다음이 문제였다. 수업을 듣고 과제를 제출하고 제목과 목차를 받았다. 제목이 마음에 걸렸다. 나의 상황과 다른 제목이었다. 질문을 해야 했지만 선생님께 전화를 걸거나 카톡을 할 용기가 나지 않았다. 제목은 일단 두고 그냥 쓰려고 했다. 막상 쓰려고 하니 막막했다. 도대체 어디서부터 어떻게 써야 할지 몰랐다. 수업은 들었지만 듣는 것과 직접 써 보는 것은 완전히 달랐다. 3개월 정도 수업을 듣다가 한 번 두 번 강의를 빼먹기 시작했다. 그러다가 완전히 강의를 듣지 않았다. 지금 생각해 보면 참 어처구니없다. 질문을 하고 어떻게든 해 나갈 생각을 해야 했는데 그냥 슬그머니 손을 놔 버렸다. 무책임했다.

무료 특강 수강 후, 다시 도전해 보고 싶었다. 하지만 용기가 나지 않았다. 글 쓴다고 해 놓고 두 번이나 발만 담갔다가 빠져나왔다. 선생님 보기에 면목이 없었다. 선뜻 수강 신청서를 쓸 수 없었다. 지나간 시간이 후회스러웠다.

"내 남은 삶은 온전히 백지입니다." 특강에서 들었던 말이 생각났다. 과거에 어떤 일이 있었든 앞으로 남은 날이 소중했다.

수강 신청을 하고 다시 수업을 듣기 시작했다. 지나간 시간은 어찌 되었든, 출발선에 섰다. 정규 수업에 거의 빠지지 않고 문장 수업도 챙겨 듣는다. 올 3월에는 서울까지 직접 가서 스토리텔링 특강을 들었다. 그날 작가님을 처음으로 직접 만났다. 7년 전 읽은 《내가 글을 쓰는 이유》 책을 가지고 가서 사인도 받았다. 잠실 교보문고에서 열리는 자이언트 저자 사인회에도 벌써 네 번이나 다녀왔다. 예전에 비해 책도 부지런히 읽고 온라인 독서 모임에도 참여한다. 지금 이렇게 공저 참여의 기회도 얻었다. 백지를 채우고 있다.

지금 당장 불편하고 어려운 일 앞에서 포기는 아마 쉽고 편할 것이다. 하지만 지금 편리한 '포기'가 훗날 후회와 아쉬움, 미련으로 돌아온다는 사실을 경험으로 깨달았다. 마음먹었던 일이 있다면, 다시 도전해 보자. 힘들고 어려울 수 있다. 힘들지만 최선을 다하는 것, 난관이 있지만 뚫고 나가는 것, 그것이 의미 있고 가치 있는 일이 아닐까.

지나간 날들은 그 무엇이 되었든 이미 지나가 버렸다. 바꿀 수 없다. 앞으로 올 날을 생각한다. 누구라도 앞으로 남은 날은 모두 '백지'다. 채워 나가면 된다. 그 사실을 잊지 말았으면 좋겠다.

2-3.

베스트 드라이버 엄마와 아들

_ 서린

"불합격입니다. 빨리 나오세요!"

자동차 면허를 따기로 마음먹고 운전면허 시험장에 갔다. 기능 시험을 막 보던 아주머니가 불합격이라는 소리에 아쉬워하며 급하게 차에서 내렸다. 갑자기 긴장되었다. 남자 친구 손을 꼭 잡고 건물 안으로 들어갔다. 사람들이 많았다. 번호표를 뽑고 기다렸다. 안내에 따라 원서를 작성하고 준비해 온 증명사진 두 장을 붙였다. 2층으로 올라가 필수인 교통안전 시청각 교육을 1시간 들었다. 안전 교육을 모두 듣고 나오는 길에 판매하고 있는 운전면허 필기시험 문제집을 사 들고 집으로 왔다.

필기시험 보는 날, 조금 긴장이 되었지만 최선을 다했기에 차분한 마음으로 시험에 응했다. 시간이 다 되어 간다. 시험지를 제출하고 한두 명씩 밖으로 나갔다. 나도 이만하면 되겠다 싶어 감독관에게 시험지를 내고 1층으로 갔다. 결과가 금방 나온다고 했다. 조금 시간이 지나니 결과가 나왔다.

"오~예~!"

합격이다. 기뻐하는 사람, 아쉬워하는 사람 표정이 다양했다. 필기를 10번 이상 떨어진 사람, 인지를 더 이상 붙일 곳이 없는 사람도 있었다. 기능 시험은 2종 보통을 따기로 했다.

운전 기능 첫 수업 시간, 긴장된다. 강사가 기능 시험장 전체 코스를 한 바퀴 휙 돌며 보여 주고 설명해 주었다. 그러고는 바로 운전석으로 가서 앉으라고 했다. 나의 키에 맞게 의자를 조절하고 백미러, 사이드미러가 잘 보이는지 확인하라고 했다. '아~ 떨려, 괜히 면허 딴다고 했나!' 안전벨트 매기, 브레이크 밟고 시동 켜기, 전조등, 상향등, 하향등 켜고 끄기, 기어 D 또는 N으로 맞췄다가 P로 옮기기. 강사님이 친절하게 조작하는 방법을 하나하나 설명해 주었지만 운전대를 처음 잡은 나는 등에서 땀이 줄줄 흐르고 있었다. 이젠 출발해야 한다. 사이드브레이크를 내리고 기어를 D로 맞춘다. 밟고 있는 브레이크를 살살 뗀다. 차가 움직인다. 온몸에 힘이 들어갔다. 가장 곤욕을 치른 곳은 경사로였다. 엑셀을 밟고 가다가 선이 안 보이면 순간 브레이크를 밟고 3초 후에 다시 출발해야 한다. 이론은 알겠는데, 몸이 말을 듣지 않는다. 브레이크를 너무 세게 밟았나 보다. 그것도 발바닥이 아닌 발가락으로. 발가락이 부러질 것 같았다. 난관 중에 최고봉은 T자 주차다. 완벽한 T자 주차를 위한 공식이 있다고 설명해 주었다. 그대로만 하면 된다고 했다. 말이 쉽지 나 같은 초보자에겐 달나라 이야기였다. 보다 못한 강사가 오늘은 이 정도만 하자고 한다. 벌써 2시간이 흘렀다.

두 번째 수업 시간, 날씨는 왜 이렇게 더울까? 여전히 긴장되었다. 우회전 후 교차로에서 좌회전했다. 좌회전 깜빡이를 켜고 초록불일 때 가야 한다. 다음은 가속 구간, 바닥에 선이 안 보일 때까지 엑셀을 밟아야 한다. 너무 세게 밟아도 안 된다. 속도감을 모르겠다. 20km가 넘어갔다. 서서히 브레이크를 밟으라고 했다. 운전 기능 코스를 돌다가 중간에 돌발이 한번 나온다. 돌발 시에는 당황하지 말고 멈춘 후에 비상등을 누르고 돌발이 끝나면 다시 비상등을 끄고 출발하면 된다. 만일 가속 구간에서 돌발이 나오면 다른 곳보다 더 당황스러울 것 같았다. 시험 볼 때 가속 구간에서 돌발이 제발 안 나오길 마음속으로 빌었다. 이젠 조수석에 강사님도 없이 코스 전체를 혼자 돌아보란다. 날은 덥고 땀은 흐르고 쓰러질 것만 같았다.

우여곡절 끝에 운전면허 기능 시험까지 단번에 합격했다. 다행히 운전 감각이 있었나 보다. 이젠 주행만 남았다. 주행은 실전이다. 주행 수업 받으러 온 사람이 많았다. 노란 학원 차가 도로 한편에 즐비하게 늘어져 있다. 수강생과 강사가 한 팀이 되어 한 대씩 도로 안으로 들어갔다. 도로가 춤을 춘다. 차들이 나에게 마구 달려드는 것 같았다. 쌩쌩 무섭다. 강사님이 걱정하지 말라고 했지만 죽을 것만 같다. 그래도 된다면 그냥 차를 버리고 집에 가고 싶었다. 복잡한 도로 구간을 벗어나 한적한 보문산 둘레로 주행 수업은 계속되었다. 다리가 후들거렸다. 그날 초저녁부터 잠이 들었다.

"오빠, 나 면허 따지 말까 봐!"

남자 친구한테 전화를 했다. 한 살 많은 남자 친구를 오빠라고 불렀다. 지금의 남편이다.

"왜?"

"기능까지는 어찌 땄는데, 도로 주행 해 보니까 장난 아니야. 무서워~"

"지금까지 잘했잖아. 할 수 있어! 오빠가 주말에 가르쳐 줄게."

주말, 한적한 도로와 공터에서 주행 연습과 주차 연습을 했다.

"잘하네~ 그래, 힘 빼고. 한 번만 더 해 보자! 그래, 할 수 있잖아."

처음으로 운전이 재미있었다.

일곱 살 아들이 누나가 타던 자전거를 한번 타 보고 싶다고 했다. 보조 바퀴가 없는 자전거였다. 조금 크고 위험했지만 연습하면 충분히 탈 수 있었다. 학교 운동장에 가서 연습했다. 균형 잡기도 힘들어했다. 높이가 맞지 않아 페달 굴리기도 쉽지 않았다. 남편이 안장 뒤를 잡아 주고 균형을 잡을 수 있게 도와주었다. 다음날 자전거를 끌고 공원으로 갔다. 혼자 타 보겠다던 아들은 자꾸 균형을 잃고 몇 번 넘어지더니 그냥 안 타겠단다.

"왜? 탈 수 있어. 지금까지 연습 잘했잖아. 한 번만 더 타 보자. 할 수 있어, 아들!"

안장을 잡아 달라고 하고 연습을 몇 번 더 했다.

"아빠, 놓으면 안 돼~ 알았지?"

아들은 이미 혼자 타고 있었다.

"엄마, 나 혼자 탄 거야? 우와~ 대박! 아빠, 안 잡고 있었어?"

활짝 웃는 아들의 얼굴에 행복이 가득했다.

포기하기를 포기하라. 포기는 배추 셀 때나 하는 말이라 했던가. 포기하지 않게 "충분히 할 수 있어! 한 번만 더 해 보자!" 남편의 진심 어린 격려의 말은 나와 아들을 베스트 드라이버로 만들어 주었다. 엄마는 자동차를 발로도 운전할 수 있을 정도로, 아들은 자전거를 눈 감고도 탈 수 있을 정도로. 물론, 그렇게 타진 않지만 말이다. 드라마 〈낭만닥터 김사부〉에서 나온 말이 생각난다. "포기하려는 순간 핑곗거리를 찾게 되고, 할 수 있다고 생각하는 순간 방법을 찾는다." 포기하려는 순간 다시 일어서게 해 준 마법과도 같은 말의 힘을 나는 오늘도 믿는다.

2-4.

결코 포기해선 안 되는 것

_ 양윤희

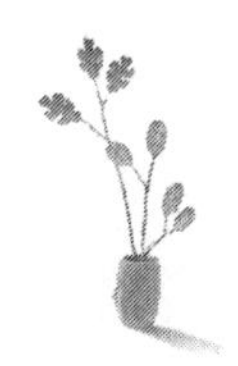

작가가 되겠다는 꿈을 이루기 위해 글쓰기 수업을 신청했다. 아무래도 혼자서는 언제 시도할지 몰랐기 때문에 쓸 수밖에 없는 환경에 나를 몰아넣었다. 글쓰기 수업을 들으면서 세상에 책을 쓰겠다는 사람이 이렇게 많은지 처음 알았다.

육아, 가사, 직장일 그 모든 일을 다 해내기도 벅찬 시간이었지만, 글을 쓰고 싶었다. 토요일 아침 7시, 글쓰기 줌 수업에 접속했다. 글쓰기 수업을 들은 지 2년이 다 되어 간다. 그사이 많은 작가가 책을 출간했다. '아~ 나도 할 수 있겠구나. 포기하지만 않으면 나도 할 수 있겠어.'

쓰고 싶은 책 주제와 목차가 정해졌다. 이제 쓰기만 하면 된다. 1장부터 차례대로 한 꼭지씩 써 내려 갔다. 그런데 쓰면서 계속 의심했다. '이렇게 써도 되나? 아무도 관심 없겠는데. 누가 읽기나 할까?' 많이라도 썼으면 말을 안 한다. 고작 네 꼭지 쓰고 오만 가지 생각이 다 든다. 초고를 쓸 때는 다시 읽지 말고 일단 분량을 다 채워 보라고 했는데, 쓴 글을 읽어 보고 또 읽어 봤다. 다시 읽을 때마다 자신감이 떨어졌다. 매일 한 꼭지씩 신나게 써 가는 작가님들도 있는데 나는 진도가 안 나갔다. '글 쓰는 게 어렵네. 못 쓰기도 하고.' 하는 푸념을 쏟아내며 지지부진한 날들을 이어 가고 있었다.

한 문장씩이라도 쓰던 글을 아예 멈추게 된 순간이 왔다. 안팎으로 신경 쓸 일이 많은데 글까지 쓰려니 스트레스가 이만저만이 아니었다. 겨울 방학에는 시간이 있으니까 그때 다시 시작하지 싶었다. 잠시 내려놓고 나니 그렇게 후련할 수가 없었다. 책 쓰기에 대한 부담 없이 해야 할 일들에 집중할 수 있어서 살 만했다.

시간이 지나고 겨울 방학이 되었지만, 여전히 꺼내면 부담스러울 초고 파일은 열어 보지 않았다. 생각날 때마다 마음에 부담은 느꼈으나 파일을 열지 않은 이상 쉽게 잊었다. 그렇게 나의 초고는 노트북 책 쓰기 파일에 고이 모셔졌다. 글쓰기 수업은 계속 들었고, 출간 계약, 출간 소식도 계속 이어졌다. 작가님들을 축하하면서도 나의 때는 언제일까 기약 없는 메아리만 돌아왔다.

글쓰기 수업은 성실히 들었다. 수업을 들을 때마다 배운 것이 많았고 잘사는 삶에 대한 모습도 그려 나갈 수 있었다. 그러던 중 공저 프로젝트에 참여했다. 10명의 작가님과 함께 글을 쓰고 책을 내는 작업이다. 공저이니만큼 약속을 잘 지켜야 했고, 정해진 기한 안에 글을 써내는 데 목표가 있었다. 마감하는 날 여유 있게 글을 제출한 날도 있었고 마감 시간이 다 되어서 급히 제출한 날도 있었다. 어찌 되었든 마감 시간 안에 글을 써서 냈다는 게 중요했다. 나도 할 수 있다는 것을 알게 되었다. 잘 쓰고 못 쓰고가 중요한 게 아니라 제한 시간 안에 분량을 채워 냈다는 게 의미 있었다. 초고를 완성한 후 여러 번의 퇴고를 거쳐 공저가 출간되었다. 꿈만 같았다. 교보문고 매대에서 공저 책《상처 하나, 문장 하나》를 만났을 때 가슴 벅차게 기뻤다. 가족, 지인들, 그리고 자이언트 작가님들의 축하도 받으면서 즐거운 시간을 보냈다. 내가 작가로 살겠다고 지인들에게 많이 얘기했었는지 '드디어 꿈을 이루었구나' 하고 말해 주어서 놀랐다. 나의 말을 기억해 준 것이 고마웠고, 나도 세상에 글 한 편을 내놓을 수 있어서 감사했다. 그런 기쁨의 시간을 뒤로 하고 다시 개인 저서는 파일 속에 묻어 둔 채 마감이 없는 시간을 보냈다.

책을 써야 한다는 부담만 느끼고 글을 쓰려는 노력은 안 했다. 우선순위 1순위로 정해 두고도 계속 다른 일을 먼저 했다. 좋아하는 작가의 책을 읽고, 필사하고, 각종 공모전에 글도 써서 내 보고. 책 쓰기에는 직면하지 않고 계속 그 주위를 빙빙 도는 사람처럼 그렇게 지냈다. 책 읽고, 필사하고, 글쓰기 연습 하고, 다 필요한 과정들이긴 하지만 꼭 해야 할 일은 하지 않았다는 게 문제다.

'쓸 거다. 쓸 거야.' 하고 쓰지 않는 날이 계속되자 '쓸 수 있을까?' 싶었다. 그것에 그치지 않고 은유 작가, 정여울 작가 등의 글을 읽으면서 '이 작가들의 글을 읽기만 해도 이렇게 좋은데 굳이 내가 쓸 필요가 있을까?' 하는 생각에 다다랐다. 글을 쓰지 않을

핑계는 창의적으로 계속 떠올랐다.

'내가 원래 이런 사람이었나?' 본질적인 질문도 던졌다. 그랬다. 그러고 보니 포기한 일이 별로 없었다. 할 만한 일만 했다. 애당초 어렵고 힘들어 보이면 시도하지 않았다. 20년 차 자기 계발러…. 그게 나였다. 그래서 책 쓰기도 오리무중이다.

사람은 본래 뭔가를 해낸 자신을 좋아한다. 하지 못한 자신을 싫어하기 마련이고. 한다고 말하고 안 하는 내가 시간이 가면 갈수록 못마땅할 뿐이다. 내가 나를 더 좋아하려면 선택은 단 하나다. 포기하지 않고 계속 시도하는 것!

정여울 작가가 쓴 책《그때, 나에게 미처 하지 못한 말》에 이런 문구가 나온다.

> '결코 포기해서는 안 되는 것들, 인간답게 살아갈 권리, 새로운 모험에 도전할 수 있는 용기, 누군가를 간절히 그리워할 수 있는 마음 같은 것들은 결코 포기해서는 안 된다.' '자유를 위해 포기할 수 있는 것'과 '어떤 상황에서도 결코 포기해서는 안 되는 것'을 분별할 수 있는 지혜, 그것이 우리의 남은 삶을 결정할 것이다.

어떤 상황에서도 결코 포기해서는 안 되는 것, 그것을 분별할 수 있는 지혜가 남은 삶을 좌우한다. 100세 시대다. 100세까지 산다고 보면 40대 아직 뭐든 해 볼 나이 아닌가. 20대는 건강은

했으나 어리숙했고, 30대는 출산, 육아에 전념했고, 40대, 하고 싶은 일에 도전하기 좋은 나이다. 지난날처럼 편안한 자리에 나를 둘 것인가. 새로운 모험에 도전할 것인가 선택해야 할 시점이다.

아직 아이들이 어려서 육아와 일 사이에서 갈등하지만 내가 열심히 사는 모습을 보여 주는 게 최고의 교육 아닐까 싶다. 혼자 있는 시간에 서평도 쓰고, 일기도 쓰고, 필사도 하고, 글도 한 편 쓴다. 누가 읽어 주지 않더라도 그 시간은 내게 충만한 기쁨을 준다. 이제는 내 글을 세상에 내놓는 것에 도전한다. 내 생각을 쓰고, 글로 나누는 삶. 내 이야기를 세상에 내놓는 것에 부담을 덜어 내고 부지런히 소통하며 살기. 어떤 상황에서도 결코 포기하지 않을 것은, 글쓰기다.

2-5.

무슨 일이 있어도 버텨야 한다

_ 윤수정

2020년 코로나19를 겪으며 생각지도 못한 잉여 시간이 생겨났다. 교사로서의 내 삶을 켜켜이 뒤돌아볼 수 있었다. 아이 셋을 낳은 후, 어느 순간부터 목표도 희망도 없이 숨만 쉬고 사는 내 모습이 보였다. 다시금 머리를 질끈 동여매고 뛰기로 했다. 잠시 놓았던 보직 교사에도 도전장을 내밀었다.

2월 말 신학년 집중 기간이었다. 학년 발표와 보직 교사 임명식이 있었다. 자리가 비는 방과 후 교육부장을 희망서에 썼고 그렇게 될 거라고 예상했다. 그런데 웬걸, “연구부장, 교사 윤수정” 내 이름이 호명되었다. ‘이게 뭔 일이래?’ 잔뜩 상기된 얼굴로 임명장을 받았다. 보통 연구부장은 일이 많은 보직이다. 특히나 코로나19 시기에 연구부장의 업무는 과중할 만큼 많아졌다. 그 누구라도 고개를 절레절레 흔드는 자리다. 결코 능력이 없으면 할 수 없는 보직이다. 법정 수업 일수, 수업 시수며 학교 교육 과정을 총

괄하는 사람이 바로 연구부장이기 때문이다. 그뿐만 아니라, 각종 공개 수업, 수업 장학, 컨설팅 장학 등 학교 안팎으로 중요한 업무들을 다룬다. 처음에는 단 한 번도 내 의사를 묻지 않은 교장 선생님이 야속했지만, 한편으로는 그만큼 나를 신뢰한다는 생각에 기분이 나쁘지만은 않았다.

2월 말 연구부장이 되고부터 눈코 뜰 새 없이 바쁜 나날을 보냈다. 3월 2일 시업식이 치러졌고 학급 담임도 맡아 정신없는 나날의 연속이었다. 바쁘고 힘들었지만, 주먹을 꽉 쥐었다. 보란 듯이 잘해 내고 싶었다.

그러던 4월 말 어느 날이었다. 민주 어머니로부터 전화가 왔다. 아파트 놀이터에서 아이들끼리 다툼이 있었는데 그 일로 인해 자기 아이가 힘들어하고 있다는 것이었다. 상대방 아이인 건우에게 몹시 화가 나 있었다. 건우는 인지적으로도 정서적으로도 많이 뒤처지고 일반 아동과 특수 아동의 경계선에 있는 아이였다. "어머님. 그 아이는 조금은 다른 아이입니다. 시간이 좀 필요하겠지만 제가 더 잘 지도하겠습니다. 그리고 상대방 아이 말도 들어 봐야 하니 내일 아이들이 오면 같이 이야기해 보겠습니다."라고 했다. 그러자 그 어머니는 대뜸 여러 아이 앞에서 자기 아이를 불러서 추궁하는 일은 없었으면 좋겠다며 격양된 목소리로 말했다. 재차 "어머님, 어느 한쪽 말만 듣고는 제가 판단을 할 수가 없습니다. 무엇을 걱정하시는지 알겠습니다. 둘이 따로 조용히 불러서 이야기를 나눠 보겠습니다. 걱정하지 않으셔도 됩니다."라고 말했지만 단연코 자기 아이를 따로 불러서 이야기하는 일은 없었으면 좋겠다면서 언성을 높이더니 급기야 내 말이 채 끝나기도 전에 전화를 탁 끊어 버렸다.

내 교직 경력 22년 만에 처음 겪어 본 일이었다. 호흡이 가빠오고 심장이 두근두근했다. 한동안 멍하니 앉아 있었다. 혼이 나간 사람처럼 퇴근했다. 저녁을 먹고 나니 말로 표현할 수 없는 피곤이 몰려왔다. 잠시 눈을 감는다는 게 나도 모르게 스르르 잠이 들었다. 핸드폰 진동 소리에 놀라 잠이 깼다. 민주 어머니는 문자로 자신의 아이가 얼마나 속이 상하고 힘들어하는지를 피력하는 긴 글을 남겼다. 학교 폭력을 신청하겠다는 말도 쓰여 있었다. '아니, 상대방 아이 말도 들어 봐야 하건만 어찌 자기 아이 말만 듣고 저렇게 성급하게 행동하는지.' 뭐라 답을 할 수가 없었다. 이미 늦은 밤이기도 해서 그냥 내버려 두었다.

그다음 날 복잡한 마음으로 학교에 출근했다. 오자마자 교감 선생님이 밤새 117에 학교 폭력 신고가 되었다면서 무슨 일이 있었는지 물으셨다. 아차! 싶었다. 그날 이후 그 어머니는 여러 번 학교에 찾아왔고 말도 되지도 않는 다른 일들까지 들추며 내가 자신의 아이를 미워한다는 등 근거도 없는 주장을 했다. 학교 폭력 신고는 사건 조사가 이루어졌는데, 학교 폭력이라 할 만한 단서가 없어 학교장 종결로 모든 사안이 정리되었다.

나는 그 일이 발생한 날부터 이루 말할 수 없는 심적 고통을 느꼈다. 다시 도전한 보직 교사 자리도 버겁게 느껴졌다. 학교 폭력 사안으로 인해 학교가 시끄러워진 것 등 관련된 일들이 다 내 책임인 것만 같았다. 또 누군가 나에 대해 수군거리지는 않을까 하는 불안한 마음도 들었다. 솔직히 부끄러웠다. 학급 경영도 제대로 못하면서 학교 일 한답시고 나서는 것만 같았기 때문이다. 그런 나의 마음을 눈치채셨는지 하루는 교감 선생님이 직접 교실에 찾아오셨다. "윤 부장님, 어떤 일이든 뭔가 앞으로 나아가려고 할 때 꼭 그 길을 막는 사람도 생기고 안 좋은 일도 일어나더라고요. 지금이 바로 그런 때인 것 같아요. 너무 상심하지 말아요. 나도 교감 차출 앞두고 반에서 학교 폭력이 터져서 원형 탈모까지 왔었어요. 이것은 아무것도 아니에요." 하며 위로해 주셨다. 나를 토닥여 주시고 안아 주시는 교감 선생님의 품이 따뜻했다. 괜찮은 척했지만 이미 내 안에서는 부정적인 생각들로 가득 차 있었다.

힘없이 터덜터덜 집에 들어와 소파에 누웠다. 마치 내 몸이 소파 속으로 쑥 말려 들어가는 것 같았다. TV 리모컨을 손에 쥐었다. 채널을 휙휙 돌리다 영화 채널에 멈추었다. 영화 〈자산어보〉가 막 시작하려던 참이었다. 생각지도 못한 영화의 첫 장면, 첫 대사가 내 마음속으로 들어왔다. 영화의 첫 장면은 이랬다. 정조와 관직에 처음 나선 정약전이 클로즈업이 되더니, 정조가 말한다. "벼슬한 선비에게 가장 중요한 덕목이 뭔지 아느냐? 버티는 것이다. 사방에서 칼이 들어오고 오물을 뒤집어써도 버텨 내는 것이야. 내 너희 형제들을 긴히 쓸 날이 있을 것이니 무슨 일이 있더라도 버텨야 한다. 알겠지?" 마치 정조 임금이 나에게 말을 하는 것 같았다. "내 너를 긴히 쓸 날이 있을 것이니, 무슨 일이 있어도 오물을 뒤집어써도 버티고 있어라!"라고 당부하는 것 같았다. 아쉽게도 정조의 죽음으로 정약전은 그의 부름을 받을 수는 없었지만 버티고 살아남았다. 자산어보가 바로 그러한 그의 삶의 증거다. 나라고 정약전처럼 되지 말라는 법이 없지 않은가! "그래! 끝까지 버티는 거야. 버티는 것도 실력이다. 버티어 살아남자. 살아남는 자가 승리하는 자다."

그해 꿋꿋하게 내 자리를 지키고자 애썼다. 담임 교사로서도, 보직 교사로서도. 내가 할 수 있는 최선을 다했다. 그 결과 교원능력개발평가 학부모 만족도에서 거의 만점에 가까운 점수를 받았다. 또 연구부장으로서 내가 할 일을 놓치지 않고 잘 해냈다. 코로나19로 전례 없는 여러 가지 일들이 발생했지만 잘 이겨 냈다. 학기 말에 교장, 교감 선생님을 비롯한 동료 교사로부터 수고하고 애썼다는 감사 인사를 받기도 했다.

아무리 힘든 일이 있어도 끝까지 버티는 자만이 그 영광을 맛볼 수 있다. 우리는 살면서 수없이 많은 어려움을 겪는다. 또 너무 힘들어서 앞으로 나아갈 수 없을 때가 있다. 그럴 때는 내 자리를 지켜 내는 것, 그것도 전진이다. 앞으로 나아가려고만 한다면 오히려 넘어질지도 모른다. 그 자리에서 묵묵하게 버티어 낸다면, 어느 순간 그 힘든 시간이 나도 모르게 지나간다. 호숫가에 돌멩이 하나를 던져 보라! 한동안 물결이 파동을 치다가 다시금 잔잔해지는 것을 볼 수 있다. 또 진흙이 일어 뿌옇던 물이 어느새 맑아지는 것도 볼 수 있다. 인생도 그런 것이 아니겠는가! 힘든 그 순간, 한 치 앞도 내다보기 어렵다고 느껴진다면, 버티어 내자. 버티는 것도 방법이다.

2-6.

뿌리를 내리는 시간

_ 이시은

원자, 원소, 분자…. 너무도 낯선 단어들. 고등학생 시절 과학 시간에 들었던 것 같기도 하다. 스포츠 영양 전문가 과정 첫날부터 머릿속이 하얗다. 본격적인 영양을 공부하기에 앞서 생화학, 물리학, 생리학 등을 배운다. 물론 개강 전에 '이런' 과목을 공부한 적 있는지 사전 질문이 있었기에 배울 것은 예상은 했었다. 그러나 막상 주기율표를 보니 입이 바짝 말랐다. 게다가 두 달 과정에 주 1회 수업이다 보니 진도가 빨랐다. 타들어 가는 속에 텀블러에 담긴 얼음물을 연신 들이켜도 진정이 안 됐다. 주위를 둘러보니 대학생이나 이제 막 졸업한 청년으로 보이는 사람이 많았다. 다행히 그들도 꽤 당황한 모습이다. 이런 우리를 눈치챈 강사는, 처음에는 낯설지만 계속 반복되니 나중에는 저절로 익힐 거라고 했다. 그러니 절대 포기하지 말라는 말을 연신 했다. 그때 어디선가 '아하!' 하는 소리가 들렸다. 강사의 말을 이해했나 보다. 난 여전히 모르겠는데….

오전 수업 막바지다. 어디선가 수강생들의 탄성이 들려왔다. '이게 이런 원리였어?'라며 혼잣말하기도 했다. 시간이 갈수록 하나둘 알아듣는 사람이 많았다. 젊은 청년들이야 고등학교나 대학에서 최근까지 배웠을 테니 이해하겠지만 나는 다르다. 20년도 더 전에 배운 데다가 학창 시절 제일 못하던 과목이 과학이었다. 달달 외우기만 했던 주입식 교육의 폐해를 보여 주는 예가 나였다. 어느덧 오전 시간이 끝났다. 점심시간을 갖기 전 강사는 한 번 더 말했다.

"지금 알아듣지 못해도 괜찮아요. 앞으로 계속 반복할 거거든요."

편의점에서 샌드위치랑 두유 하나 사서 대충 먹고 강의실로 돌아갔다. 강의실은 텅 비어 있었다. 강의 자료를 펼쳤다. 나름 강사의 말을 받아 적는다고 했는데 막상 보니 무슨 말인지 이해가 안 된다. 한숨을 안 쉬려 해도 절로 내쉬어졌다.

오후 수업이 시작됐다. 수강생들의 참여도가 달랐다. 분위기는 후끈했다. 예전에 배웠던 게 기억났던 걸까? 아니면 밖에서 나 몰래 강사에게 질문이라도 했나? 다들 점심시간에 과외를 받은 것 같다. 세상에 강사의 물음에 답을 하다니 놀랄 '경'자다. 질문도 많았다. 특히 옆자리에 앉은 수강생은 물꼬가 터진 듯 계속 질문했다. 나만 외딴섬에 있는 기분이다. 어디선가 구출선이 나타나서 이 표류를 끝내 주었으면 좋겠다. 오전 10시부터 오후 5시까지 장정 6시간의 수업이 끝났다. 수강생들은 강의 자료와 펜을 들고 강사에게 몰려갔다. 길게 늘어선 줄을 뒤로하고 도망치듯 주차장으로 갔다. 가슴이 답답한 것이 어쩌면 수료를 못 할지도 모른단 생각이 들었다. 워킹맘으로 아픈 아버지와 아버지의 공장까지 신경 쓰고 산다. 하고 싶은 일이 생겼다며 이 일 저 일 벌여 놓고 최근에는 공저도 덜컥 신청했다. 엎친 데 덮친 격으로 아들까지 수술해서 입원해 있다. 이 상황에서 영양을 배우겠다고 서울에서 일산까지 왔건만 도저히 따라갈 수 없는 내용이다. 몸에 숨이 모두 빠져나간 기분이다. 더 이상 머물기 힘들었다. 서둘러 시동을 켜고 카리프트 '호출' 버튼을 눌렀다.

일주일 후 다시 일산으로 갔다. 의욕이 넘쳐 40분이나 일찍 도착했던 첫날과는 달리 강의 시작 10분 전에 도착했다. 수강생들은 하나둘 자리를 찾아 앉았다. 자리가 다 메워지자 강사는 우리에게 핸드폰을 꺼내라고 말했다. 수업에 앞서 지난주 배운 내용을 테스트한다고 했다. 테스트? 시험이란 말인가! 망했다. 지난 일주일 동안 강의 자료를 몇 번 들추어 보긴 했지만 완벽하게 이해하지 못했다. 도망갈 수도 없고 어쩌나. 안 봐도 훤하다. 나만 빵점일 거다. 젠장.

이번 기수들이 모여 있는 카카오톡 단체방에 구글 링크 하나가 올라왔다. 웅성거렸던 좀 전과 달리 순간 고요해졌다. 머리를 긁적이는 사람도 있고 핸드폰을 거침없이 터치하고 책상 위에 올려놓은 사람도 있다. 대충 감이 오는 문제도 있고 생전 들어 본 적 없는 내용도 있었다. 분명 지난 시간에 배웠을 텐데, 이리도 낯설 수 없다. 열 문제 모두 헷갈려 선뜻 답을 고르지 못했다. '가장 긴 답을 골라 볼까, 아니면 한 번호로 다 찍어?' 그 짧은 시간에 열심히 머리를 굴렸다. 내가 머리를 굴리는 동안 수강생 대부분이 핸드폰에서 손을 뗐다. 더 이상 시간을 끌 수 없었다. 1번부터 순서대로 답을 골랐다. 열 문제를 다 푸니 '제출' 버튼이 보였다. 마음속으로 눈을 질끈 감고 버튼을 눌렀다. 주사위는 던져졌다. 이제부터는 내 감을 믿는 수밖에. 다음 화면에서는 '점수 보기' 버튼이 보였다. 보고 싶지 않다. 안 봐도 빵점 맞았을 게 뻔하다. 이름은 물론 이메일 주소도 입력했으니, 선생님도 내 점수를 알 거다. 정말 세상 쪽팔린다.

50점? 50점이라니! 대박이다. 고작 절반밖에 못 맞았는데도 이리 좋을 수 없다. 슬쩍 보니 다들 표정이 없는데 나만 실실거리며 웃고 있다. 오답을 보니 질문 자체를 이해 못 해 찍은 문제도 있지만, 마지막까지 헷갈리던 문제들도 있었다. 잘하면 70점을 맞을 수 있었다며 아깝다는 생각이 잠시 스쳤는데, 좀 뻔뻔스럽다는 생각에 코웃음이 났다. 강의 첫날만 해도 전혀 알아듣지 못했다. 집에 돌아와 강의 자료와 두서없이 필기한 메모도 읽어 보았지만, 역시나 이해가 안 됐다. 이 외계어를 일주일간 읽고 또 읽었다. 사실 시험 직전만 해도 여전히 머릿속이 텅 비었다고 생각했건만, 나도 모르는 사이 남아 있었나 보다. 고작 50점이 이리도 좋을 수가. '야호!'

"네가 지금 실력이 안 느는 것 같지? 아니야. 지금 네 몸속에서 뿌리를 내리는 데 시간이 좀 걸리는 것뿐이야. 뿌리가 다 자라잖아? 그러면 네 실력도 모죽처럼 눈에 띄게 쑥쑥 자랄 거다."

— 드라마 〈오늘의 웹툰〉 中

조금 진부한 말이지만, 꾸준함이 답이다. 배움의 결핍에 목이 타들어 가는 갈증을 느끼곤 한다. 냉수를 벌컥 들이켜 마시면 목마름이 해소되는 것처럼, 배우기만 한다면 배움의 갈증도 해소될 거라 믿었다. 그러나 막상 배우면 현실은 달랐다. 하나도 알아들을 수 없으니 생각보다 많은 시간과 수고를 배움에 쏟아야 했다. 번거롭고 어려운 이 수고를 해야 한다니, 갈증을 해소하기는커녕 오히려 두통이 생길 지경이다.

배우기만 하고 새기지 않는다면, 그 배움이 무슨 의미가 있겠는가. 새기기 위해서는 듣고, 읽고, 쓰고, 말하고, 기억하기를 오랫동안 여러 차례 반복해야 하건만 병아리가 알을 낳기를 바랐으니 머리가 지끈거릴 수밖에. 남들의 시선이 두려워 당장 결과물을 보고 싶어 했다. 조급하고 불안했던 모양이다.

그 무엇도 단숨에 되는 것은 없다. 설령 되더라도 그것의 깊이는 매우 얕다. 결과물이 한낱 얕은 불꽃이라면 작은 날숨에 꺼질 테다. 꾸준히 무언가를 한다는 것은 실로 대단한 일이다. 이제껏 겪지 못한 새로운 경험을 하며 많은 시간과 수고를 기꺼이 들여야 한다. 하는 동안 부정적인 마음이 종종 들겠지만 외면하고 묵묵히 나아가야 한다. 그런 사람만이 목표에 도달하고 결국 커다란 성과를 본다. 우리가 아는 대단한 그들처럼.

수료는 있지만, 아직 단 한 명도 자격시험을 통과한 사람이 없다는 이 강의. 마음을 다잡고 강의 자료를 펼친다. 여전히 못 알아듣는 말들이다. 한 번에 이해 못 해도 된다. 두 번 하면 되니까. 아니, 세 번, 네 번, 계속 반복하면 실력이 쌓일 거다. 언젠가 모죽처럼 실력이 쑥쑥 자라날 내 모습을 상상한다. 그 상상에는 수강생 중 최초로 시험에 통과한 스포츠 영양 전문가 이시은도 있었다.

2-7.

기회는 도전하는 이에게 온다

_ 이정윤

그녀를 만난 것은 행운이었다.

20살. 대학에 가면 하고 싶은 일이 많았다. 친구들과 여행 가기, 다이어트하기, 미팅하기, 운전 배우기, 해외 봉사 활동 참여하기, 교환 학생 가기. 의욕이 넘쳤다. 남은 대학 생활 1년. 해 보지 못한 것이 있었다. 바로 교환 학생이다. 3학년 2학기가 끝날 무렵까지도 모집 공고가 뜨지 않아 아쉬움이 가득했다.

4학년 개강하는 날 전공 수업에 처음 보는 외국인 학생이 들어왔다. 얼굴이 매우 작고 머리카락은 금발에 초록색과 파란색 중간쯤의 눈동자를 가진 여학생이었다. 독일에서 온 교환 학생이라고 소개했다. 그녀에 대한 호기심으로 가득해졌다. 어떻게 한국에 오게 되었는지, 독일에서는 어떤 공부를 하는지, 한국 생활은 어디에서 하는지 궁금했다. 적극적으로 다가갔다. 우리는 급속도로 친해졌다. Maike는 내성적이었지만 하는 일에 열정을 가지는 학생이었다. 한국 생활을 해 보고 싶어서 우리 학교로 교환 학생을 지원했다고 했다. 멋있었다. 수동적으로 공고만 기다리고 있던 나와 비교되었다. Maike에게 솔직하게 내 이야기를 했다. 사실 해외 교환 학생으로 가 보고 싶었는데 기회가 없었다. 이제 4학년이라서 갈 수도 없다. 교환 학생 꿈은 버려야 할 것 같다. 네가 참 부럽다.

"I'll help you. Let's try it."

자신이 도와줄 테니 해 보자고 했다. 나는 안 될 거라고 했다. 포기하지 말라고 했다. Maike는 자신이 겪었던 과정을 설명해 주며 내가 해야 할 일을 알려 주었다. 독일 학교로 보낼 자기소개서와 3년 동안 진행했던 과제를 가지고 포트폴리오를 준비했다. 이게 될 것인지 의심이 들었다. 그럴 때마다 Maike는 할 수 있다고 옆에서 나를 응원했다. 만약 독일 교수님이 받아 주지 않으면 어쩌지, 학교에서 안 된다고 하면 어쩌지, 걱정할 때마다 다 잘된다고 했다. 무슨 확신이었을까? Maike는 독일 생활을 이야기해 주었다. 자신이 사는 도시는 온천과 카지노가 유명하다고 했다. 프랑크푸르트(Frankfurt)와 가까워 어디로 이동하기 좋다고 했다. 어느덧 나의 마음은 걱정보다 독일에서의 생활이 궁금해지고 기대로 채워지기 시작했다.

Maike의 격려에 힘입어 자기소개서와 포트폴리오를 완성 시켰다. Maike는 독일에 계신 교수님에게 내 상황과 사연을 적어 이력서와 포트폴리오를 함께 메일로 보냈다. 얼마 뒤 환영한다는 회신을 받았다. 일이 속전속결로 진행되는데 믿기 어려웠다. 3년 동안 마음에만 품고 포기했던 꿈이 두 달 만에 진행되었다. 그해 가을, 나는 Maike와 함께 독일로 떠났다.

그녀의 무한한 응원이 고마웠다. 할 수 있다는 믿음이 얼마나 중요한지 깨우치는 계기가 되었다. 대학 졸업을 1년 미뤄야 했으나 상관없었다. 교환 학생이라는 새로운 이름표가 마음에 들었다. 꿈에 그리던 교환 학생을 유럽으로 간다니 두근거렸다. Maike의 응원은 독일에서도 계속되었다. 독일어를 할 수 없는 나를 고려하여 실기가 많은 수업과 영어로 소통이 가능한 교수님을 추천했다. 친구들도 소개해 줬다. 수업이 없는 날이면 같이 시내를 구경하고 펍에서 맥주를 마셨다. Maike는 굉장히 능동적인 친구였다. 동양에 관심이 많아 한국에 오기 전에는 일본에서 인턴을 했다고 했다. 뭐든지 해 보고 싶은 일은 일단 해 보는 친구였다. 그리고 그 뒤엔 할 수 있다는 믿음이 있었다.

독일 생활이 익숙해지자 다른 나라를 여행하는 방법을 알려 줬다. 독일은 유럽 대륙 가운데 있어 프랑스, 오스트리아, 스위스, 이탈리아 마음만 먹으면 어디든 갈 수 있었다. 한국에서 친구들과 버스 타고 부산과 양양에 가 본 것이 전부였던 나에게 유럽 여행은 신세계였다. Maike는 저가 항공을 이용하는 방법, 야간 버스를 활용하는 방법, 기차를 이용하는 방법 등 다양한 경험을 공유해 줬다. 자신감과 긍정적 생각으로 가득 찬 그녀는 여행할 때도 마찬가지였다.

"할 수 있어, 해 보자, 포기하지 마, 도전해 봐." 이런 말이 항상 최우선이었다.

한 학기가 끝나고 나는 학교 수업 대신 회사의 인턴십을 알아보았다. 이미 학점을 다 채운 상태라 수업을 더 듣는 것은 큰 의미가 없다고 생각했다. '누가 뽑아 주겠어?'라는 생각 대신 '근면 성실한 한국인을 찾는 회사가 분명히 있을 거야'라는 생각으로 지원서를 여기저기 제출했다. 자신감은 통했고 세 달간 외국 회사에서 인턴 생활을 할 수 있었다.

Maike를 만난 것은 행운이었다. 혼자서는 상상도 못 한 일 들을 해냈다. 그 당시에는 교환 학생에 갈 수 있게 도와준 것과 독일 생활을 도와준 것이 고마웠다, 그런데 십여 년이 지나고 나니 고마운 것이 많다. 그녀의 영향은 컸다. 나를 믿고 응원해 주는 마음에서 배웠다. 어떤 일을 마주할 때 무작정 포기보다는 마음을 긍정적으로 바꾸려 노력하는 자세를 가지게 되었다. 시도하기 전에 어렵다고 피하거나 겁이 나서 도전하지 않는 것은 어리석은 일이었다. 나에게 전혀 도움이 되지 않았다. 독일에서 혼자 떠난 첫 여행이 기억난다. 무사히 귀가하던 기차 안에서 자꾸 웃음이 났다. 뿌듯했다. 포기하지 않고 용기 내 시도할 수 있었던 것은 할 수 있다는 믿음을 주는 말 때문이었다.

아무 날도 아닌 평범한 아침, 상대방의 'Good morning'이라는 인사에 좋은 아침이 된 것 같은 느낌을 받았다는 글을 본 적이 있다. 말의 힘은 강하다. 말에는 자기충족적 예언이 있다. '나는 할 수 있다', '당신은 할 수 있어요'라는 자기충족적 예언은 미래에 대한 긍정적인 기대와 자신감을 가질 수 있게 도와준다. 그 힘이 강해서 더 좋은 결과를 얻을 가능성이 커진다. 말 덕분에 용기 내어 도전하는 방법을 배웠다. 시도해 보지 않고 포기하기보다 할 수 있다는 쪽으로 마음을 바꾸는 것이 중요하다.

도전하지 않으면 제자리에 머물게 된다. 도전해야 새로운 기회를 얻을 수 있다. 그 기회는 경험으로 쌓여 살아가는 데 소중한 재산이 된다. 그녀가 나에게 남긴 것처럼.

2-8.

할 수 있다고 믿으면 무라도 벤다

_ 장진숙

공무원 발령을 기다리던 늦여름, 텔레비전에서는 안나푸르나 특집 프로그램이 방영했다. 안나푸르나는 산스크리트어로 '가득한 음식'인 네팔의 히말라야산맥 중 하나로, 산행하는 사람이 많이 찾는다. 등을 다 덮은 배낭을 메고 혼자 여행하는 여자들. 안나푸르나를 향하는 길은 4,000미터 이상의 고산 지역이지만 완만했고, 한국 가을 날씨지만 멀리서는 만년설이 보였다. 사람들이 지나가는 주위는 작은 바람에도 흙먼지가 날릴 것같이 건조한 분위기, 돌들 사이에 숨어 있는 이름 모를 야생화, 노새에 짐을 싣고 이동하는 노인, 가방 묶은 끈을 이마에 대고 이동하는 짐꾼(포터). 지나치기 쉬운 모습에 여행자가 가던 길을 멈췄다. 그 자리에 가만히 서서 하늘을 본다. 감은 눈과 바람을 느끼는 피부, 주위 소리를 듣는 모습이 명상하는 수행자처럼 편안해 보였다. 나도 빨리 안나푸르나의 완전한 자유를 느껴 보고 싶어 안나푸르나의 바람을 느끼는 미래의 나를 상상해 본다.

여행사를 찾고 내 체력으로 오를 수 있는 안나푸르나 산행 코스를 짜봤다. 안나푸르나를 혼자 산행하고 온 언니와 친구도 만났다. 그들은 내게 "안나푸르나 산행은 북한산 등반보다 더 쉬워! 너라면 충분히 올라갈 수 있어."라고 말했다. 마음속으로 '나는 안나푸르나 산행에 성공한 사람'이라는 말을 새겼다. 내 저질 체력을 알아 다른 사람들에게 말하면 비웃음을 들을까 싶어 차마 '나는 안나푸르나 산행이 목표야'라는 말을 꺼낼 용기가 없었다.

보건소 직장 체육 대회 방법을 논의한 날, 몇몇이 북한산에 가자고 했다. 등산 이야기가 이어지자 "전 5년 내 안나푸르나 등반이 목표예요. 꼭 갈 거예요."라고 했다. 이 말에 "뭐? 네가?"라며 코웃음 치는 사람들, 놀라며 감탄하는 사람들, 그 속에서 "꼭 갈 것 같아. 진숙 씨는 원하는 걸 꼭 하는 사람이잖아."라고 말한 동료 한 명이 있었다. 강한 확신이 느껴진 말에 얼굴을 삐죽이던 사람도 더 이상 말을 잇지 못했다. 그때 나도 알았다. '나는 내가 원하는 것을 꼭 해내는 사람'이라 사실을 말이다. 나에 대한 믿음도 생겼다.

그해 겨울 안나푸르나 등반을 위한 예행연습으로 눈 내린 한라산 등반에 도전했다. 성판악 탐방로에서 진달래밭 대피소를 거쳐 정상까지 올라 백록담을 보고 오는 것이 목표다. 혼자 하는 산행이라 숙소를 한라산 등반 전문 게스트하우스로 잡았다. 숙소에서는 매일 밤 한라산 날씨, 장비 등 산행에 대한 주의 사항과 근처 맛집까지 알려 준다. 산행하는 날 새벽 5시 30분 따뜻한 물로 긴장된 몸을 풀고 준비해 간 옷과 장비를 챙겼다. 몸을 꽉 잡아 줄 레깅스, 등산바지 위 무릎 보호대. 등에 핫팩도 붙였다. 비옷과 간식으로 30리터 배낭의 3분의 2가 찼다. 안내판에는 거리 9.8킬로미터에 4시간 30분 걸린다고 되어 있다. 나는 정상을 오르는 것보다는 천천히 걸으며 자연을 느끼고 싶어 최소 1시간 정도가 더 필요했다. 눈이 15센티미터 정도 쌓여 발은 푹푹 빠졌고 한 발 한 발 옮기는 것도 힘들었다. 나무에 맺힌 상고대는 눈의 나라에 있는 느낌이 들었고, 그 아름다움에 가다 서다 반복했다. 정상 입산 통제 30분 전 진달래밭 대피소에 도착했다. 맛있다는 휴게소 라면 먹기와 정상 등반하기 중에서 라면 먹는 것을 선택했다. 느긋하게 라면을 먹고 쉬엄쉬엄 하산한 탓인지 산은 금방 어두워졌고 어디선가 산짐승 울음소리가 들렸다. 멧돼지 출몰 지역이라는 안내에 마음이 급해져서 발이 자꾸 꼬였다. 오후 5시 30분, 8시간의 한라산 산행이 끝났다.

진달래밭 대피소 휴게소 라면의 유혹에 넘어갔지만 '나는 꼭 해내는 사람'이라는 믿음이 산행 초보자인 내가 겨울 산을 혼자 오를 수 있게 했다. 나의 한라산 등반을 보고 동료 몇몇은 안나푸르나 산행을 응원하기 시작했다. 초보자가 가기 좋은 산행코스를 추천해 주고 각자 산행 후 만나 점심을 먹기도 했다.

할 수 있다는 믿음을 가지고 도전하면 된다. 물론 결과가 다 원하는 만큼 이뤄지지 않을 수도 있다. 그러나 목표와 같은 방향에서 있고 목표와 더 가까워질 수 있다. 이때 중요한 점은 할 수 있다는 믿음이 긍정적 믿음이어야 한다는 것이다. 별로 대단하지 않은 일도 내가 하면 어깃장을 놓고 크게 야단을 쳤던 사람과 일한 적이 있다. 나도 그 사람의 실수나 미운 점만 찾고 '안 됐으면 좋겠다.'라고 생각했다. 누군가 내게 상처를 줬다고 그 사람에 대한 나쁜 마음을 담으니 그 말의 총구가 나를 향해 나쁘고 부정적인 생각을 하는 내 모습에 괴로웠다.

무슨 일을 하다 '내가 할 수 있을까?'라는 의심이 들고 포기하려할 때 '진숙 씨는 원하는 걸 꼭 하는 사람이잖아'라는 말이 그 일을 시작할 수 있게 해줬다. 우리는 항상 많은 실패를 경험하고 미래에 대한 불안 속에 있다. 이때 앞으로 나아갈 수 있게 하는 것도 '나는 할 수 있다.'라는 믿음이다. 우선 나를 믿는 것부터 시작해 보면 어떨까?

몇 년 전 안나푸르나 산행길 산사태에 한국인 넷이 실종된 일이 있었다. 안전에 대한 염려로 안나푸르나 산행을 조금 미뤘지만 내 산행 예행연습은 계속하고 있다. 가을에 걷던 한라산 영실코스에서 남벽 분기점, 거기에서 이어지는 어리목 코스는 내가 봤던 안나푸르나 산행길과 비슷해 특히 좋아한다. 한적한 한라산에서 오롯이 자연을 느끼는 시간, 그곳은 나만의 안나푸르나가 된다.

무언가 간절히 하고 싶은 일이 있다면 '천 리 길도 한 걸음부터'라는 속담처럼 '나는 할 수 있는 사람이다.'라고 믿는 것부터 시작해야 한다. 강렬한 믿음은 꿈을 이루기 위한 행동을 이끈다. 이십여 년 동안 '나는 마흔 살에 내 이름으로 된 두 권의 책을 갖는다.'라는 믿음을 가졌다. 이것이 나를 글쓰기로 이끌었고 지금 공저를 쓰고 있다. 조금 늦어질 수도 있지만 이렇듯 할 수 있다고 믿으면 꿈은 이루어진다. 두 권의 책을 출판한 나의 모습을 상상해 본다.

2-9.

내게 건네는 말에는 힘이 있다

_ 정유나

뒷심 부족한 사람이다. 끈질기게 물고 늘어지는 성향이 아니다. 일기 쓰기, 운동하기, 새벽에 일어나기 등 좋은 습관 만들려고 시작한 일도 하다 말고를 반복했었다. 새벽 4시, 5시에 잘 일어나다가도 멈추는 시기가 있었고, 독서 모임 잘 참여하다가도 띄엄띄엄 빠지곤 했다. 하루는 미사 강론 시간에 신부님이 말씀하셨다. "새벽 늘 같은 시간에 산책하는데, 만나는 사람은 비슷해요. 뛰는 사람은 매번 뛰고 걷는 사람은 매번 걸어요. 사람은 잘 변하지 않지요." 나는 걷다가도 뛰고 뛰다가도 걸었다. 어떤 시기에는 계속 뛰고 어떤 때에는 또 계속 걸었다. 그냥 내가 그런 사람이라는 걸 인정하지 못했을 때는 아침 운동에서도 나는 변덕이 심한 사람이구나 생각했다. 잘 포기하고, 마음 수시로 바뀌고, 꾸준하지 않다고 말이다.

하지만 5년 전, 좋은 습관 하나 갖고 싶어 시작한 습관 만들기가 하나둘 모여 지금까지 이어져 오고 있다. 이어져 오고 있다고 말하는 이유는 새벽 기상, 감사 일기, 긍정 확언, 운동, 독서…. 뭐 하나 멈추는 일 있었어도 한꺼번에 멈춘 적 없었기 때문이다. 멈춘 습관은 언제고 마음이 동할 때 다시 시작했다. 변덕을 부리면서도 또다시 시작하는 그런 사람이었다.

우에니시 아키라가 쓴 《내가 나에게 하는 말이 내 삶이 된다》라는 책이 있다. 말이 삶이 된다니. 제목에서도 알 수 있듯, 나에게 하는 말은 막중하다. 물론 다른 사람이 주는 응원도 좋지만 내가 나를 진심으로 응원하고 격려할 때 더 큰 힘을 발휘하는 것을 보았다.

2021년 리우올림픽 펜싱 박상영 선수를 기억하는가. 펜싱 에페 결승전에서 13대 9로 박상영 선수가 뒤지고 있었다. 두 점만 내줘도 경기가 끝나는 상황. 누구라도 은메달이라 생각할 수 있는 순간이었지만 박상영 선수 자신만은 포기하지 않았다. 할 수 있다! 할 수 있다! 경기 중간 벤치에 앉아 주먹을 쥐고 고개를 끄덕이며 '할 수 있다.' 되뇌던 모습이 전 세계로 생중계됐다. 그 후 기적처럼 연달아 점수를 획득했다. 그리곤 14대 15로 역전하여 금메달을 목에 걸었다. 나중에 인터뷰에서 알게 된 사실이지만 포기할까도 생각했었단다. 은메달도 만족한다고. 하지만 더 없을 기회라는 생각이 스치자 간절해졌다고 했다. '나는 할 수 있다' 이것은 신념을 담아 스스로에 외친 말이었다. 나에게 해 주는 진심 담은 응원이 얼마나 중요한지 그때 박상영 선수를 보며 깨달았다. 그 후로 나 역시 나에게 건네는 말로 무언가를 다시 시작했고, 힘을 냈다.

10km 마라톤에 도전할 때도 그랬다. 뛰라고 등 떠민 사람은 없었다. 마라톤 신청하고 참가비 입금한 것도 나였고, 전날 늦도록 종교 행사에 참여하고도 새벽같이 일어나 잠든 남편과 딸을 두고 경기장에 나간 것도 나였다. 아침 6시. 뛰기 위해 모여든 사람들로 행사장 근처는 북적거렸다. 새벽 4시 수산 시장에 가면 생동감을 느낀다고 했던가. 주말 아침 6시 마라톤 행사가 열리는 곳도 마찬가지였다. 출발을 알리는 신호탄이 여러 번 울렸다. 뛰는 사람이 어찌나 많은지 십 분 단위로 수십 명의 무리가 연이어 출발했다. 출발선에 가까워지자 100m 달리기 선에 다가설 때와 같은 초조함, 하지만 기분 좋은 긴장감이 감돌았다. 총성 소리로 시작된 경주는 뛰는 내내 마음의 소리로 채워졌다. 이제 돌아갈 수 없다. 조금만 더 뛰어 보자. 잘하고 있어. 얼마 남지 않았다. 지금처럼 가자. 나에게 건네는 말들로 가득했다. 결국 결승점까지 데리고 가는 것은 나였다. 사람은 내적 동기로 움직인다고 했던가. 내가 나에게 해 주는 말은 그 어떤 것보다 힘이 있었다.

나에게는 '미라클 노트'라 이름 붙인 노트가 여러 권 있다. NO. 1을 적고 시작했는데 어느새 NO. 20을 달고 있다. 아침에 일어나 노트를 펴고 나에게 하는 말을 끄적인다. 처음에는 내가 필요로 하는 말, 되었으면 하는 모습을 떠올리며 긍정의 말로 채웠다.

나는 하느님의 사랑받는 자녀다. 나는 할 수 있다. 나는 지금을 사는 사람이다. 내 태도와 기분은 내가 정한다. 나에게는 사랑과 감사와 풍요로움이 있다…. 이렇게 나에게 하는 말로 하루를 시작하면 종일 기분이 좋았다. 말한 대로 사는 주문을 외운 것마냥 출발부터 힘이 났다. 지금은 나를 인정하는 말이나 칭찬도 함께 적는다. 신기한 것은 자주 되뇌고 적는 말은, 필요할 때 문득 떠올라 중심을 잡고 생각대로 살도록 돕는다는 것이다. 이를테면 기분이 좋지 않을 때, '내 기분은 내가 정해'라고 말하며 원하는 마음으로 돌아오고자 노력했다. 그러면 언제 그랬냐는 듯 평정심을 되찾는 일이 많았다.

긍정 확언 말하는 사람은 수두룩하다. 조금만 검색해도, 책을 들춰 봐도 줄줄이 빽빽이다. 다른 사람들 말에서 힌트를 얻기도 하고 누군가 제공한 긍정의 말들을 외기도 하지만, 내 마음에서 우러나온 말이 더 쉽게 각인되고 일상에서 살아 움직일 확률도 높았다.

한동안 들쑥날쑥했던 새벽 기상을 한 시간 당겨 시작했다. 뒷심이 모자라도 포기하고 싶지는 않았다. 이미 좋은 걸 알아 버렸으니까. '다시 시작하자. 할 수 있다.' 박상영 선수처럼 내게 진심을 담아 응원을 보내니 다시 일어나고 싶었다. 4시 30분. 이것은 내 삶에 다시 액셀을 밟아 성장의 삶으로, 하루하루 잘 지내 보겠다는 의미였다. 일찍 출근하는 남편 아침을 준비하고 산책 다녀오던 아침 루틴에서 하루를 계획하고 책 읽는 시간을 얻었다. 조금 달라진 아침으로 하루가 알찬 느낌이다. 잠에서 덜 깬 짜증 섞인 딸의 말투에도 웃으며 받아치는 여유가 생긴다. 글쓰기 정규 수업 시간에는 다른 때보다 더 집중한다.

"결핍에 대한 두려움 때문에, 잘 안 될까 봐, 끝까지 못 할까 봐, 상처받을까 봐…, 아무것도 하지 않으면 아무 문제 없고 지금을 지킬 수 있을 것 같지요? 그런데 그건 지금 삶을 지키는 것이 아니라 명백하게 퇴보예요. 해 보지 않은 것에 대한 후회가 남습니다. 자신감 가지고 해 보는 겁니다."

5월 글쓰기 정규 수업 마지막 날 이은대 작가님의 말이다. 마지막이라서가 아니라 수업마다 수강생들의 마음을 꿰뚫어 아는 듯 팩트를 날리며 예비 작가들의 마음을 들었다 놨다 이어 간다. 심장은 쿵쿵쿵. 후회라는 말에 정신이 번쩍 들었다. 한 번뿐인 인생, 되도록 후회 남기지 않는 삶을 살고 싶다. 그래, 다시 용기를 내자. 나는 할 수 있어! 시동을 걸고 있던 나에게 작가님의 말 한마디로 파란불이 켜졌다.

늦은 감이 있었지만, 공저자 모집에 지원했다. 선발되지 않더라도 개인 저서 집필에 집중하자 생각했다. 감사하게도 공동 저서 저자로 문 닫으며 참여할 수 있게 되었다. 오리엔테이션이 있던 날은 근 일 년 만에 우리 가족 여행하던 날이었다. 남편과 딸에게 양해를 구하고 먼저 숙소로 들어갔다. 챙겨 간 노트북을 꺼내 열고 줌 화면을 켰다. 화면에 비치는 작가님들과 마주하니, 무언가 다시 시작할 수 있다는 생각에 설레고 긴장됐다. 심장이 두근거렸지만, 손을 들어 팀 서기에 지원했다. 그래. 다시 시작하자. 또 다시 내게 말을 건다.

내가 하는 말이 내 삶이 된다는 말이 있듯이, 나에게 하는 말에는 힘이 있다. 뒷심 부족한 나를 일으키는 것도 내가 나에게 건네는 응원의 말 덕분이었다. 나는 할 수 있어, 포기하지 말자, 다시 시작하자, 지금 하자. 다른 사람들의 말로 힘을 얻고 마음에 불을 지피기도 하지만, 지폈던 불씨 타오르고 일사천리 움직이게 하는 원동력은 자신이다. '오늘이 허락되었다. 후회 없도록 지내 보자.' 오늘도 나에게 건네는 말로 시작한다. 나를 끝까지 데리고 갈 사람은 결국 나니까.

2-10.

수용 그리고 인정

_ 차휘진

스물한 살, 운 좋게 유럽 배낭여행을 다녀왔다. TV와 책으로만 접했던 다른 문화와 공간을 실감했다. 10년을 넘는 시간이 지나도 떠오르는 기억과 장면들이 있다. 프랑스 파리에서 밤 여객선을 탔을 때가 한 번씩 생각난다. 난생처음 겪어 본 신기한 경험 덕분이다.

꿈에 그리던 낭만과 예술의 도시에서 야경을 볼 수 있는 여객선이라니. 풍격을 만끽하기 좋은 가장자리에 앉았다. 비행기에 탑승하는 것만큼이나 가슴 벅찼다. 여객선에 타고 밤의 파리를 구경했다. 낮과는 다른 서정적인 느낌에 빠져들어 있는 동안, 여객선의 속도가 빨라지기 시작했다. 곧 낭만 여행이 생존 게임으로 변했다. 차가운 바람이 쉬지 않고 얼굴을 때렸다. 배 가장자리에서 맞이하는 파리의 바람은 매서웠다. 여름옷으로 견디기에는 역부족이었다. 치아가 딱딱 부딪히기 시작했다. 도움을 요청하거나 따뜻한 곳으로 이동한다는 생각이 떠오르지 않았다. 버티는 것이

유일한 선택지였다. 파리의 야경을 놓치고 싶지 않은 마음도 있었다. 몸은 계속해서 덜덜 떨고 있었다. 생존 본능이 발동되었는지, 나도 모르게 심호흡하기 시작했다. 추위 속에서 어떻게든 웅크리듯 버티기를 그만두었다. 어깨를 펴고 추위를 받아들였다. 처음부터 추위 속에 존재하고 있던 것처럼, 편하게 숨이 쉬어지기 시작했다. 호흡하는 동안 차가운 바람은 나를 통과해서 지나갔다. 따뜻해지지는 않았지만 조금 지나니까 괜찮아졌다. 추위로부터 도망가거나 버티려고 한 게 아니라, 추위를 수용하면서 편안해졌던 그 경험은 한 번씩 생각이 난다.

몇 년 전, 마음에 큰 타격을 받았던 일이 있다. 귀로 들려온 말들이 아팠다. 이게 도대체 무슨 일인지. 나를 보호해 줄 수 있는 건 아무것도 없는 것 같았다. 상황이 종료된 후에도 한겨울인 것처럼 몸이 떨렸다. 사람을 만나기가 두려워졌다. 한동안 집 밖으로 나가지 못했다. 이런 상황에 앞으로 어떻게 살아 나갈지 막막했다. 멍하니 있거나 잠을 길게도 자 보고, 생각과 마음을 글로 써 보고, 맛있는 것을 먹어 보고, 답답한 마음에 고민 상담도 해 봤다. 어떻게든 이겨 내 보려고 발악했다. 뭘 해도 마음의 고통은 떠날 줄을 몰랐다. 나 자신으로서 생각하고, 움직이고, 말하는 게 어려워졌다. 좋아하는 동료들, 나를 아껴주셨던 감사한 분들, 그동안 쌓아온 경력까지 다 뒤로 하고 다른 지역에 있는 본가로 돌아갈까 심각하게 고민했다. 이런 상태로 존재하는 것이 피곤했다.

무기력하게 휴대 전화 화면을 뒤적거리다가, 갑자기 책을 읽어야 한다는 생각이 들었다. 예전에 읽다 말았던 책이 눈에 들어왔다. 행동으로 옮기지 않았다. 아무것도 안 하고 싶었다. 책을 좋아하지만, 읽고 싶지 않았다. 책에 관한 생각을 무시하고 하루를 멍하니 보냈다. 자정을 넘겨 밤 한 시가 되어서 책을 펼쳤다. 배철현 작가의 책《승화》를 읽어야 할 것 같았다. 펼쳐 보니, 고통에 관한 내용을 읽을 차례였다. 읽으면서 공감하고 감탄하고 밑줄을 치다가 이 말을 만났다. "우리가 겪는 지금의 이 고통은 새로운 인간으로 다시 태어나기 위한 훈련이다."

지금의 괴로움을 통해 성장할 거라고 확신을 주는 것 같았다. 어떻게든 버티려고 발악하는 나를 탓하지 않고, 응원해 주는 것 같았다. 그리고 고통에서 벗어나려고 애쓰면서, 고통에 집중하며 고통을 붙잡고 있는 내 상태를 발견했다. 생각을 바꿔 먹었다. 고통을 벗어 버리려고 아픈 상태에 집착하는 게 아니라, 이 고통과 현재 상태를 인정하고 받아들이기로 했다. 그리고 이 고통을 발판 삼아 성장하겠다고 마음먹었다.

상황을 극복하지 못하고 힘들어하고 있는 나를 마음 한편에서 탓하고 있었다. 왜 아직도 주저앉아 있냐고. 왜 괜찮아지지 않냐고. 일어나라고 하면서도 내가 나를 억누르고 있었다. 생명력이 소진된 게임 캐릭터가 안 일어난다며 짜증 내는 소년 같았다. 그때 책을 통해 만난 이 말은, 나 자신과 힘겨워하는 내 상태를 수용

할 수 있게 해 주었다. 고통스러운 상황과 고통 자체를 수용하게 됐다. 그리고 자연스럽게 흘러가게 했다. 내면이 더 나아지고 새로운 시작을 할 수 있는 힘이 나도록 해 주었다.

시간이 지나면서 자연스럽게 상처에 연관된 사람과 사건에 대해 큰 의미를 주지 않게 됐다. 나의 내면에서 더는 나를 아프게 할 힘을 주지 않기로 했다. 그 일도 그 사람도, 살다 보니 잠시 아프게 스쳐 지나가는 바람일 뿐이다. 그러면서 나에게 미치는 영향이 점점 줄어들었다. 그 일은 나에게 기억 속의 에피소드일 뿐 별다른 중요한 일이 아니고, 그 사람도 나에게 더 이상 중요한 사람이 아니게 됐다. 그렇게 나를 고통스럽게 하고 힘들게 했던 것이, 내 안에서 별것 아닌 일과 별것 아닌 사람이 되어 버렸다. 그 뒤로 회복이 시작됐다. 집 밖으로 나가서 햇빛을 받을 수 있게 됐다. 햇살이 낯설었다. 오랜만에 집에서 시내로 연결되는 다리를 걸어가며 바람을 느끼는 감각이 어색했다. 사람을 마주칠 수 있게 됐다. 힘들었던 사건과 사람이 떠오를 때는, 큰 힘을 주지 않고 마음속에서 흘려보낼 수 있게 됐다.

그 후로는 나에게 영향을 미치는 것들을 조금 더 능동적으로 결정할 수 있게 됐다. 전에는 누군가의 말, 행동, 감정, 표정 하나하나에도 영향을 많이 받았다. 저 사람이 이런 말을 했는데 어떡하지, 이 사람 표정이 이런데 어떡하지, 이 사람 회신이 늦는데, 기분 나쁜가. 나를 안 좋게 생각하는지 눈치 봤다. 상처 잘 받고, 사람에 대해 생각하거나 만나고 나면 금방 피곤했다. 그런 경험과 심리적 에너지 소모가 줄었다. 누군가의 말과 행동이 나에게 미치는 영향은 내가 결정할 수 있는 영역이라는 것을 배웠다. 중학생 때, 누가 돌을 던져도 내가 안 맞으면 된다고 상처받지 말라는 말을 들은 적이 있었다. 무슨 말인지는 알겠는데, 적용하기가 참 어려웠다. 이제야 그 말을 삶에서 경험했다.

모든 사람과 잘 지내려고 애쓰는 것도 내려놓게 되었다. 모두가 나를 좋게 보거나, 빠짐없이 친해질 수는 없다고, 지식이 아니라 삶으로 체화하게 됐다. 잘 보이려고 애쓰지 않게 됐다. 이제는 너무 신경 안 쓴다는 피드백을 받기도 한다. 신기하다. 주변의 평가가 달라진 자신을 발견하게 된다.

전에는 나를 힘들게 했던 누군가가 생각나면, 속으로 욕할 때도 있었다. 그런데 어느 순간 그러지 않게 됐다. 이제는 아팠던 기억과 관련된 사람들이 생각나면, 마음속으로 그 사람들의 행복을 기원하게 된다. 각자의 자리에서 행복했으면 좋겠다.

작지만 좋은 변화들이 도미노처럼 연결되며 하나씩 늘어난다. 돌아보면 몇 년 전 그때와 많이도 다른 내가 되어 있다. 과거와 현재의 차이를 체감하게 될 때, 새삼 신기하다. 과거의 나는 상상도 못 했던 지금의 내가 있다. 앞으로 더 나은 방향으로 변하지 않을까? 몇 년 뒤에는 지금의 나는 상상도 못 한 내가 있을 거라는 기대. 많이 좋아졌지만, 더 많이 좋아질 것에 대한 기대가 있다.

시간이 지나서 알아차렸지만, 힘들었던 그때 괴로움만 있지는 않았다. 힘을 주는 동료, 지켜봐 주고 조언해 주는 멘토, 보호해 주고자 노력해 줬던 선배들, 가족의 애정, 위로되는 음악, 견뎌 낼 시간, 성장으로 전환해 주는 책, 친구와의 따뜻한 시간…. 많은 것들이 있었다. 늘 함께하고 있었다.

고통은 배움의 기회가 되었다. 덕분에 두 가지를 배웠다.

첫 번째, 수용과 인정. 고통을 피하려고 하거나 부정하거나 억누르려고 하면, 오히려 힘이 더 커졌고 떠나지도 않았다. 지금 여기에 있는, 나라는 존재의 상태를 그대로 인정한다. 아프면 아프다고 인정하고 받아들인다. 힘을 빼고 숨을 쉰다. 그러는 동안 갑작스럽게 찾아왔던 고통은 어느 순간 제 갈 길을 떠난다. 다시 찾아올 때도 있지만, 그러다 다시 갔다. 시간이 지나고 고통이 떠난 자리에는 조금 달라진 내가 있다. 과거의 경험은 과거일 뿐, 더는 현재의 나를 아프게 하지 못했다.

두 번째, 결정력. 말에는 힘이 있다. 사람을 지하까지 찍어 누르거나, 하늘을 날아오르게도 한다. 그러나 어떤 말이 나에게 어떤 영향을 주는지, 그 결정권은 나에게 있다. 쉽지 않지만, 오랜 시간 엎치락뒤치락 연습이 필요할지라도 어떤 말이 내 안에서 승리할지는 내가 정하는 것이다.

다 지난 뒤에 조금 더 강하고, 조금 더 담백한 나를 만날 수 있었다.

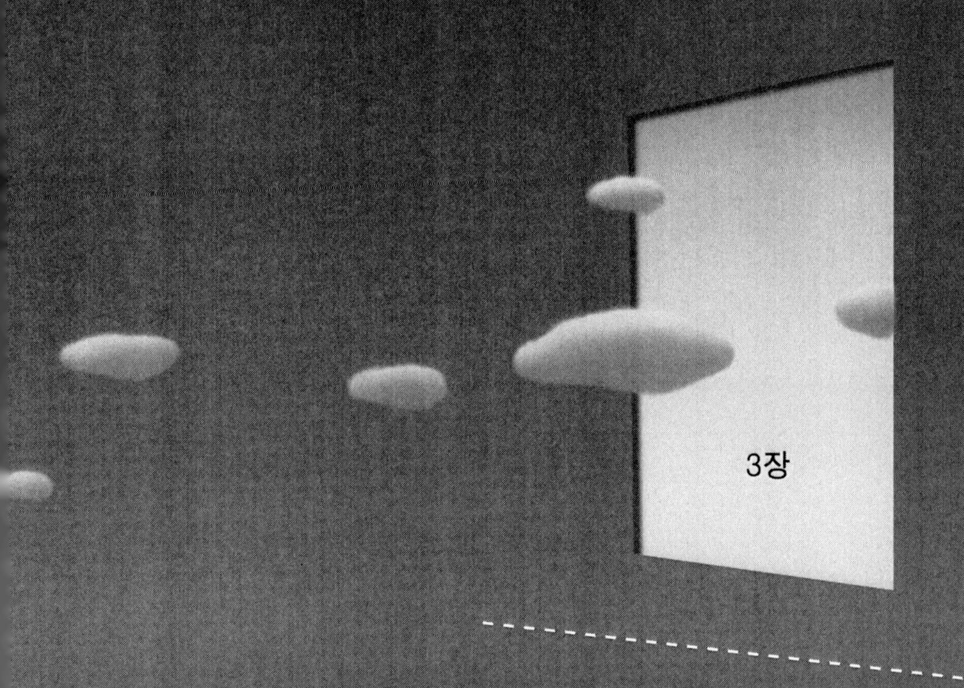

망설이고 주저하는 순간, 용기를 준 말

3-1.

당신 아니어도 괜찮아, 그냥 맡겨

_ 강선화

코로나로 막혔던 하늘길이 열렸다. '12월 24일로 항공권 예매합니다.' 남편한테서 메시지가 왔다. 아직 한 달이나 남았다. 한국에 나갈까 말까로 2주일째 고민 중이다. 학교는 코로나 상황이 진정되어 대면 수업으로 전환되었다. 아침이면 학생들에게 메시지가 온다. '코로나에 확진되었어요.', '가족이 코로나에 걸려서 학교 못 가요.' 그나마 상황이 괜찮다는 몽골이 이 정도인데 아직도 확진자가 많다는 한국에 나가도 될지 걱정이었다.

2020년 2월, 큰아들 졸업식이 있었다. 휴가를 내서라도 가려고 했다. 입학식도, 입대할 때도 못 갔으니 졸업식이라도 참석해서 미안함도 덜고 이참에 흩어져 사는 아이들도 보려고 했다. 아들은 자기도 졸업식에 가지 않으니 오지 말라고 했다. 한국에 나갈 이유가 없어졌다. 많은 한국 교민이 겨울 방학에 한국 설을 쇠러 나갔다. 2월 25일 몽골은 사전 공지도 없이 국경을 폐쇄했다. 코로나 때문이라고 했다. 이 조치로 한국에 나간 사람은 몽골에 들어올 수 없었다. 언제 국경이 열릴지 아무도 몰랐다. 그렇게 6개월이 지났다. 비싼 비행기표와 격리 비용을 내고 조건부로 비행기가 떴다. 그렇게 들어온 사람들은 공항에서 바로 격리 시설로 옮겨져 3주 동안 지냈다. 격리 기간까지 무사히 마친 사람들은 한국에서 지냈던 얘기, 좁은 호텔 방에서 보낸 격리 생활을 무용담처럼 말했다. 입출국 때마다 받아야 하는 코로나 검사부터 입출국 절차는 듣기만 해도 복잡했다.

이런 이야기를 들으며 당분간 한국에 가지 말아야겠다고 생각했다. 서류 준비도 복잡했지만 코로나 검사가 더 두려웠다. 첫 경험은 악몽 같았다. 얼마나 깊숙이 찔러 넣고 돌렸는지 3일이 지나도 코는 만지지도 못했다. 그날만 생각하면 나도 모르게 눈을 질끈 감고 몸서리를 쳤다. 그런데 그 검사를 다섯 번이나 더 받아야 한다니! 차라리 코로나 끝날 때까지 몽골에 있는 편이 낫겠다 싶었다. 열흘이나 머물 격리 장소도 없었다. 학기 말이라 성적도 내야 하고 졸업 시험도 감독해야 했다. 나가지 말아야 할 이유는 고민할수록 늘어만 갔다.

남편은 빨리 결정하라고 재촉했다. 표 구매가 늦어지면 항공권 요금은 더 오를 테고, 표 구하기도 어려워진다.

"왜 안 가려고 하는데?" 남편이 물었다. 나는 한국에 꼭 나가야 할 이유가 없었다.

"왜 꼭 가야 하는데?" 내가 물었다.

"당신은 아이들 안 보고 싶어? 엄마잖아. 당신 아니어도 괜찮아. 그냥 맡겨."

아이들 안 보고 싶냐는 말이 가슴에 와 박혔다. 엄만데 아이들보다 일이 더 중요하냐고 하는 것 같았다. 내게는 아이들이냐, 일이냐의 문제가 아니라 나 때문에 다른 사람들이 어려워지는 게 싫었다. 다들 바쁜데 내 일까지 떠맡기는 게 미안했다. '당신 아니어도 괜찮다'라는 말에 '나 아니면 안 된다'라는 생각이 있었나 돌아보게 되었다. 나 아니어도 누군가는 그 일을 대신할 것이고 나는 내 일만 제대로 하면 되는데, 안 해도 되는 걱정까지 하고 있었다.

코로나가 시작될 즈음 큰아들은 졸업하고 취직하면서 흩어져 살던 세 아이가 모여 살게 되었다. 아이들 스스로 집을 구하고, 계약하고, 집기를 마련했다. 친척들이 사내 녀석들만 산다고 이모저모로 도와주었다. 처음에는 미안하기도 하고 걱정도 됐다. 이사한 날 밤 영상으로 집 구석구석을 보여 주었다. 세 녀석이 살기에는 좁아 보였다. 아직 여기저기 짐 상자가 쌓여 있었다. 바닥에 깔린 이불이 눈에 들어왔다. 한국에 나갈 때마다 어머님이 꺼내 주시던 그 이불들이다. 20여 년이 지나도 바뀌지 않았던 그 이불. 이젠 다 낡아 있었다. 하지만 아이들 표정은 오랜만에 환해 보였다. 그도 그럴 것이 8년 만에 오롯이 세 형제만의 공간이 생겼기 때문이리라. 그때의 아이들 모습이 떠올랐다. 한국에 나가기로 했다.

우리는 크리스마스 전날 한국에 나갔다. 코로나 검사는 걱정했던 것보다 아프지 않았다. 아픈 친구 간호하러 간다며 집을 내주신 엄마 덕분에, 친정에서 열흘 동안 격리 생활을 했다. 이후 2주 동안 좁은 아이들 집에서 부대끼며 같이 지냈다. 거실에 있는 식탁을 돌려놓으니 두 사람이 누울 수 있는 공간이 생겼다. 막내는 부모 찬스로 먹고 싶었던 음식을 배달시켰다. 같이 지내다 보니 옛날얘기도 하고 속 얘기도 했다. 아들들이라 감정 표현이 서툴렀지만, 어렸을 적에 좋았던 일, 서운했던 일도 이야기했다. 어떤 이야기는 처음 듣는데도 아이들은 몇 번이나 말했다고 한다. 계속 듣다 보니 엄마인데 엄마가 아닌 적이 많았다. 북받쳐 오르는 감정을 꾸역꾸역 삼켰다. 땀이 났다. 숨을 쉴 수가 없었다.

"얘들아, 미안해. 엄마도 엄마가 처음이라서 몰라서 그랬어."

"이제 와서."

"이제라도 미안해. 용서해 줘라."

막내는 대답 대신 한동안 고개를 떨구고 애꿎은 어묵만 꾹꾹 눌러 댔다.

내가 아니면 안 될 거라는 생각은 기우였고 교만이었다. 나 아니어도 누군가 나 대신 그 일을 한다. 어쩌면 더 잘할지도 모른다. 습관적으로 누군가 나 대신할 거라며 자기 일을 소홀히 하는 사람도 문제지만, 내가 아니면 안 된다고 생각하는 사람도 문제다. 전자가 의존적이라면 후자는 독립적이다. 의존적인 사람은 독립적으로 일할 수 있는 환경과 독려가 필요하다. 독립적인 사람은 완벽해야 한다는 생각을 내려놓고 주위 사람에게 도와 달라고 말하는 것부터 시작하면 된다. 내가 다른 사람들에게 도와 달라고 부탁하지 못한 것은 자기 일은 자기가 책임져야 한다는 생각도 있었지만, 본인 일만으로도 바쁜 사람에게 민폐가 될까, 도와 달라고 했다가 거절당할까 하는 걱정 때문이었다.

벤저민 프랭클린은 말했다. '사람은 호의를 받았던 사람보다 자신이 호의를 베풀었던 사람을 더 좋아한다'라고. 용기를 내어 도움을 구하고 맡겼더니 나 없이도 몽골 학사 일정은 잘 진행되었다. 한국에서 아이들과 지내며 해묵은 감정도 풀었다. 예기치 않은 아들의 상견례는 덤이었다.

3-2.

당신은 할 수 있어요

_ 박정미

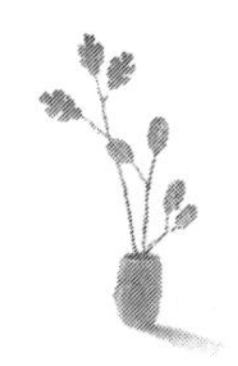

'무섬마을 10.7킬로미터' 길가에 서서 빛바랜 표지판이 뚫어져라 바라보았다. '무섬까지 10킬로미터라…….' '거기까지 과연 달려갈 수 있을까?' 아침 운동을 마치고 돌아오는 길이었다. 늘 가던 강변 주위를 3킬로미터 정도 뛰었다. 매일 지나치면서도 평소에는 눈에 띄지 않던 표지판이 그날따라 유독 눈에 들어왔다. 일단 사진을 찍었다.

2020년 코로나가 한창일 때 달리기를 시작했다. 50대가 되면서 달린다는 것은 꿈에도 생각하지 못하던 일이었다. 어릴 때 달리기를 잘 못했다. 커서는 달릴 일이 당연히 없었다. 아이들이 어릴 때 남편 회사에서 단체로 5킬로미터 마라톤 대회에 나간 적이 있다. 5킬로미터는 생각보다 먼 거리였다. 걷다 뛰다 하면서 겨우 들어왔다. 대회가 끝나고 나서 공짜로 나눠 줘서 먹었던 국수 맛이 기가 막혔다는 기억밖에 없다.

코로나 시기, 다니고 있던 헬스장이 문을 닫았다. 주로 집안에서 생활하던 어느 날, 이웃 블로그에서 걷기나 달리기 운동을 함께할 회원을 모집한다는 공지를 봤다. 내가 과연 달리기를 할 수 있을까 싶었지만 일단 한번 해 보기로 했다.

온라인을 이용해 인증하는 방식이었다. 회원은 전국에 있었다. 각자 자신이 있는 장소에서 운동 앱을 켜고 운동 후 측정된 기록을 채팅방에 올리면 됐다. 처음에는 채팅방 이용이 낯설고 어색했다. 달리기 앱 사용법도 잘 몰랐다. 하지만 며칠 채팅방을 유심히 보고 따라 하다 보니 곧 적응했고 재미도 있었다.

매일 아침 집을 나왔다. 집 근처에는 작은 강이 흐르고 있었고 주변 길도 잘 정비되어 있었다. 그 주위를 매일 뛰었다. 어느 날은 강을 거슬러 올라가고 또 어떤 날은 내려가기도 했다. 집 근처 초등학교 운동장을 빙글빙글 돌기도 했다. 10분 운동 후 인증 사진을 올린다. '오늘도 뛰셨네요.', '멋져요.', '오늘은 더 많이 뛰셨네요.'라며 댓글창에 활발한 대화가 오고 갔다. 댓글 소통이 점점 익숙해지기 시작하면서 운동이 더욱 재미있어졌다.

맑은 공기를 마시고 참새 소리를 들을 수 있었다. 그동안 잘 보지 못했던 꽃과 나무가 눈에 들어왔다. 구름도 매일 다채로웠다. 계절의 변화를 온몸으로 느낄 수 있었다. 집에서 10분만 걸어 나오면 다른 세계가 펼쳐졌다. 이제까지 이렇게 아름다운 자연을 왜 보지 않고 살았나 하는 후회감까지 들었다. 코로나로 무겁던 마음이 아침 운동 시간을 통해 조금씩 가벼워졌다.

처음에는 1킬로미터 뛰는 것도 힘겨웠지만 매일 뛰니까 별로 어렵지 않았다. 신기하게도 뛸 수 있는 거리도 조금씩 늘어났다. 약 5~6킬로미터 정도를 뛸 수 있을 즈음에 그 표지판을 봤다. 무섬은 가끔 가던, 우리 지역 유명 관광지다. 차를 타고만 가 봤지 걷거나 뛰어간다는 생각은 단 한 번도 해 보지 못했다.

집에 돌아오자, 채팅방에 아침 운동길에 찍어 두었던 사진을 올렸다. 메시지를 보냈다. '제가 무섬까지 뛰어갈 수 있을까요?' 바로 대답이 달렸다. 'Yes, you can!' 운동을 같이 시작했던 A였다. 몇 달간 함께 하면서 서로 매일 조금씩 나아지고 있는 모습을 지켜보고 있던 참이었다. 댓글 화면을 저장해 두었다.

무섬까지 달리는 데 얼마나 시간이 소요될지 얼마나 힘들지 알 수 없었다. 마음은 한번 달려 보고 싶어도 과연 내가 거기까지 달려갈 수 있는 능력이 될지 의심스러웠다. 고민하고 주저하면서 몇 주가 흘러갔다. 가끔 'Yes, you can!'이 떠올랐다. 내가 할 수 있다고?

11월 마지막 주 토요일이었다. 그날도 평소처럼 운동하려고 집을 나섰다. 아파트를 벗어나 강변으로 뛰어 내려가면서 느닷없이 '오늘 무섬까지 한번 가 볼까?'라는 생각이 들었다. 뛰어가 보기로 했다. 멀리 뛰려면 처음부터 힘을 빼서는 안 될 것 같았다. 평소

보다 천천히 뛰면서 먼저, 집에 있던 남편에게 전화를 걸었다. "여보, 나 지금 무섬으로 뛰어가고 있어요.", "뭐? 무섬이라고?" 황당해하는 남편의 목소리가 들렸다. "도착하면 전화할게요. 나 좀 데리러 와 줘요!" 뛰면서 전화 통화를 했다. 알았다는 남편의 대답을 듣고 다시 속도를 내기 시작했다.

늦가을이었다. 강을 따라 내려갈수록 가을의 정취가 한껏 느껴졌다. 우람한 고목이 많이 보였다. 늘 달리던 곳과는 다른 풍경이 펼쳐졌다. 정비되지 않은 강과 그 주변은 자연 그대로의 모습이었다. 길이 넓어졌다가 좁아지기도 하고 끊겨서 옆으로 돌아야 하는 곳도 있었다. 자전거가 옆을 쌩 지나가기도 했다. 한참을 뛰다 보니 '무섬 5킬로미터' 표지판이 보였다. 반 정도 왔다. 쉬지 않고 달리며 10킬로미터 가까이 뛰었을 때는 힘이 거의 빠진 상태였다.

기진맥진한 상태에서 땅만 보고 뛰다가 고개를 들었다. 드디어 저 멀리 무섬마을 입구가 보였다. 이제 긴 다리면 건너면 도착이다. 도착한다는 생각이 들자 갑자기 어디선가 기운이 솟았다. 다리가 저절로 움직이는 것 같았다. 심장이 쿵쿵 뛰었다. 머릿속이 맑아지는 느낌이 들었다. '할 수 있구나.', '하면 할 수 있구나.' 이런 생각이 가슴 저 밑바닥에서 올라왔다. 드디어 다리를 건넜다. 켜두었던 앱에 종료 버튼을 눌렀다. 목표를 달성했다. 그날 무섬까지 완주하면서 얻은 자신감으로 그 이후 10킬로미터 마라톤 대회에 여러 번 도전하고 성공할 수 있었다. 그날의 도전이 발판이 되었다.

살아오면서 할 수 있을 거라는 말보다 할 수 없을 거라는 말을 더 많이 들었던 것 같다. 나조차도 자신에게 할 수 있을 거라는 말을 별로 해 주지 않았다. 어떤 일을 할 수 있을지 없을지 불확실한 상황에서 선택할 수 있는 것은, '할 수 있다'라고 말하며 자신을 믿고 한번 도전해 보는 것이다. '사람은 스스로 믿는 대로 된다'라고 안톤 체호프는 말했다. 자신을 믿어 보자. 자신을 믿을 때 앞으로 나아갈 수 있다. 오늘도 나를 믿으며 한 발 앞으로 나아간다.

3-3.

‘처음’이라는 벽을 뚫고

_ 서린

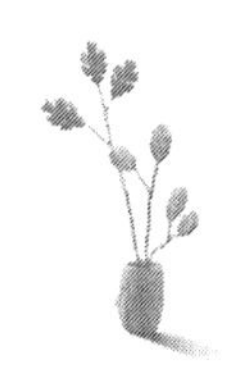

나는 걸무새였다.

두려움에 망설이고 자신이 없어서 놓쳐 버린 것에 후회하는 걸무새였다. ‘그때 할걸~ 그때 살걸~ 그때 갈걸~ 그때 배울걸~’ ~걸걸걸, 걸무새. 선택하고 결정하고 도전하여 이룬 것도 있지만 처음이라는 벽 앞에 주저앉을 때도 많았다. 죽음을 눈앞에 둔 많은 이들이 말한다. 인생을 되돌아보면 이루고 해낸 것에 대한 기쁨보다 하지 않은 것에 대한 후회가 크다고. 그러니 망설이지 말고 도전하라고.

“누구에게나 처음은 있어!” 《결정했어 행복하기로》라는 책에 나오는 말이다. 그래! 용기 내어 결정하는 순간, 행복해지는 말. 선물 같은 이 말 덕분에 나는 이젠 걸무새가 아니다.

3월 어느 날, 온라인 지식 창업을 같이 공부하는 김 대표 전화가 왔다. 3월 28일에 시간이 되면 S고등학교에 가서 학생 대상 독서법 강의를 같이하자고 했다. 그 제안을 듣는 순간 반가웠다. 내심 설레기도 했다. 내가 좋아하는 아이들에게 내가 좋아하는 독서를 이야기해 주는 강의다. 게다가 학교라는 곳, 교단 위에 서는 것은 내가 한때 동경했었다. 그런데 독서법 강의는 처음이라 잘할 수 있을지 망설여졌다. 순간 두려운 마음이 설레는 마음을 덮어 버렸다. 학부모나 유아 아이들 대상 강의는 해 봤지만 고등학교 남학생은 처음이다. 사춘기, 변성기 무뚝뚝할 것만 같고 대답도 안 해 줄 것만 같은 고등학교 남자아이들. 자신이 없었다. "뭐든 처음엔 다 낯설고 두렵잖아요. 아마 저보다 더 잘하실 거예요. 강의하고 나와서는 이런 거였어? 또 할 수 있겠는데! 할 거예요." 그 말에 조금 용기가 생겼다. 일단 알겠다고 YES와 NO의 중간쯤 되는 대답을 하고는 전화를 끊었다.

그날 저녁밥을 먹으며 남편에게 이야기했다. S고등학교는 남편의 모교이기도 하다.

"해 보고 싶으면 한번 해 봐! 누구는 처음부터 잘하냐? 하다 보면 잘하게 되는 거고! 지나고 나서 그때 할걸~ 또 후회하지 말고 해. 그리고 할까 말까 고민될 때는 하는 거라고 하잖아."

그러고 보니 몇 달 전 1인 기업 동기 권 대표가 본인이 운영하는 커뮤니티에 와서 강의해 줄 수 있냐는 제안에 손사래를 친 적이 있다. 왠지 부끄럽고, 잘 못하면 어쩌나 하는 마음에 기약 없이 다음으로 미루었다. 그것도 조금 지나 '한번 해 볼걸! 괜히 거절했나?' 하고 후회했었다.

일주일 후 독서법 강의 자료를 공유하고 리허설도 해 보았다. 강의가 있는 날, 만반의 준비를 하고 집을 나섰다. 긴장되기도 했지만 설레기도 했다. 주차하고 운동장을 지나갔다. 몇몇 남학생들이 축구를 하고 있었다. 신발을 벗어 신발장에 놓고 실내화를 꺼내 신었다. Wee 클래스 담당 선생님이 반겨 주었다. 학생들을 위해 독서법 외부 강의를 계획하고 진행하는 분이다. 잠시 후 종소리가 들렸다. 6교시가 끝났다고 한다. 이젠 정해진 각 반으로 올라가서 강의 준비를 해야 했다. 선생님이 안내해 주는 대로 따라갔다. 가는 길에 만나는 학생들 표정이 밝아서 기분이 좋았다. 서로 인사하는 선생님도 학생들도 아름다웠다. 나도 따라 인사를 했다. 교실에 도착하니 학생들이 삼삼오오 모여 있었다. 복도에 있다가 화장실에 갔다가 들어오는 학생도 있었다. 다시 수업 시간을 알리는 종소리가 나고 강의 준비를 마친 나는 강의를 시작했다. "차렷! 인사." 반장의 구령에 우리는 마주하고 고개를 숙였다. "안녕하세요~" 크고 굵고 낮고 우렁찬 여러 개의 목소리가 교실 안을 채웠다. 나는 내 이름에 에피소드를 섞어 소개했다. 왜 독서를 좋아하게 되었는지, 왜 독서 강의를 하러 여러분을 만나러 왔는지 이야기했다. 준비한 PPT를 띄우고 효율적인 독서법도 알려 주고 독서의 중요성을 담은 영상도 보여 주었다. 남자 고등학교 1학년, 무뚝뚝하고 반응 없을 줄 알았는데, 적극적으로 참여하고 대답도 잘해 주었다. 물론, 담당 선생님의 꿀팁! 마이쮸의 힘이 보태지긴 했지만 말이다. 《불편한 편의점》이라는 책에서 발

췌한 두 페이지 분량을 읽고 초록 활동도 했다. 초록은 읽은 내용 중에서 문장을 하나 뽑아 적고, 생각을 메모하거나 나의 문장으로 새롭게 기록하는 것이다. 초록이 어렵다면 단어를 찾아 동그라미 하기도 했다. 《불편한 편의점》을 읽어 본 학생은 그 뒷 내용을 더하기도 하고 주인공에 대해 세밀하게 알려 주기도 했다. 효율적인 독서법으로 읽은 책을 몇 권 보여 주고 추천 책도 올렸다. 그리고 늘 책과 가까이 지내길 원했다. 독서하고 하나씩 적용하여 실천하길 강조했다. 강의가 끝났다. '수업 즐거웠다. 다양한 독서법을 알게 되어 좋았다. 책을 더 많이 읽어야겠다. 선생님 또 오세요.' 등 진심 어린 피드백은 '처음'의 벽을 무너뜨린 나 자신을 뿌듯하게 만들었다.

포켓몬 빵 하나 구하는 게 하늘의 별 따기보다 더 어렵게 느껴질 때가 있었다. 포켓몬 빵도 빵이지만 그 안에 있는 띠부씰 스티커 인기가 하늘을 찔렀다. 띠부씰 스티커를 모으고 거래하는 게 유행이었다. 공급량은 워낙 적었고 사고자 하는 사람은 많았으니 때아닌 전쟁이었다. 빵 하나를 사기 위해 할머니, 할아버지 온 가족이 이른 새벽 마트 앞에서 줄을 선다는 그때쯤이다. 어느 날, 셋째 아들이 3시 30분부터 상가 지하 슈퍼에서 포켓몬 빵을 선착순으로 판다고 같이 사러 가자는 거다. 남편과 첫째 딸, 둘째 아들은 아직 집에 안 왔고, 넷째 막내딸은 낮잠을 자고 있었다. 동생이 자고 있어서 나갈 수 없으니 다음에 사러 가자고 했다. 셋째 아들은 오늘 꼭 사야 한다며 동생을 깨워서 안고 가자고 떼를 썼다. 그렇다고 금방 잠든 아이를 깨울 수는 없었다. 이젠 다 컸으니 혼자 다녀오라고 했다. 혼자 간 적 없던 아들은 무섭다며 갈까 말까 한참을 망설였다.

"충분히 할 수 있어! 한번 해 보는 거야~"

그렇게 용기를 얻은 셋째 아들은 '처음'이라는 벽을 뚫고 마트로 향했다.

처음이라는 두려움을 설렘으로 바꿀 수 있는 것은 바로 시작하는 용기다. 망설여지고 주저할 때 용기로 시작할 수 있게 도와준 말이 참 고맙다. 헤밍웨이는 이렇게 말했다. "직접 해 보지 않고는 그 누구도 자기 안에 어떤 재능이 숨어 있는지 알 수 없다." 그렇다. 두려움을 깨고 처음이란 벽을 뚫어야 비로소 내 안의 나를 알게 된다. 자신감도 얻을 수 있다. 고(故) 정주영 회장의 그 유명한 말도 있지 않은가. "해 보기나 했어?"

3-4.

용기 한 스푼

_ 양윤희

스물여섯 살 발령 동기와 유럽 자유 여행을 떠났다. 패키지로 다녀왔던 일본 여행은 재미가 없었다. 가이드가 인솔하는 대로 다니다 보니 자유롭지 않았고, 원하지 않은 쇼핑 시간은 아까웠다. 지나고 나니 기억에 남는 일도 없다.

유럽에 가고 싶은데 패키지는 싫고 자유 여행은 부담스러웠다. 고민하고 있는데 발령 동기가 자기도 유럽 여행을 패키지로 다녀와서 다시 가고 싶으니 같이 가 보자고 했다. 한 번 다녀온 친구를 믿고 늘 꿈에 그리던 유럽 여행을 계획했다. 23일간 6개국을 돌아보기로 해서 일정이 빠듯하기도 했고, 여섯 나라를 공부하고 가려니 시간도 턱없이 부족했다. 일단 제일 먼저 입국하는 곳인 런던에서의 루트만 짜고 비행기를 탔다. 비행기 안에서도 맘 편히 쉬지 못하고 계속 공부했다. 막상 런던에 내린 모습을 상상하니 어쩌자고 배낭여행을 계획했나 하는 생각부터 돈 내고 뭐 하러 사서 고생인가 하는 생각까지 후회와 두려움이 밀려왔다. '역시 여행은 떠나기 전이 제일 좋은 거였어.' 런던을 향해 가는 비행기 안에서 벌써 여행의 고달픔이 머릿속을 가득 메웠다.

런던에는 밤 9시 넘어 도착했다. 입국 수속을 밟고 화물을 찾으니 거의 10시가 다 되었다. 지하철을 타고 숙소까지 또 가야 했다. '아~ 피곤해.' 비행기 탑승 때부터 모든 것이 긴장과 스트레스의 연속이었다. 23일 동안 6개국이니 한 나라에 3박 4일 정도 있는 셈이다. 이동하는 데 하루가 걸리고 그 나라의 화폐, 교통 시스템 등에 익숙해지려고 하면 다른 나라로 가야 하는 식이었다. 다른 나라로 이동할 때는 항상 긴장했고 예약한 숙소를 찾아가면 그날 하루는 더 이상의 일정을 잡을 수는 없었다. 아쉽다는 생각이 들기도 했지만 다른 나라로 이동하는 것 자체가 또 하나의 여행이라 여기는 수밖에 없었다. 23일간의 여행을 마치고 인천 공항에 도착했을 때가 가장 좋았다. 드디어 안전하게 돌아왔다는 안도감이 느껴졌다. 그럼 유럽 자유 여행은 힘들기만 했을까? 당연히 아니다. 힘든 여정은 추억으로 남았다.

유명 관광지, 박물관, 색다른 음식 등의 체험도 좋았지만, 예상치 못한 여러 실수담, 아찔했던 순간들이 지나고 보니 보물같이 귀한 경험이었다. 런던에서 첫날밤은 너무 피곤해서 그냥 잠이 들었는데, 일어나 외출 준비를 하면서 보니 선글라스가 없다. 배낭 안에 두었는데 비행기 화물 이동 시 도난을 당한 듯했다. 여행 첫날부터 선글라스는 쓰지도 못하고 자외선을 듬뿍 받으며 돌아다니게 됐다. 여행 가방은 잠금을 잘하고 화물로 보내야 한다는 것을 알게 됐다.

프랑스를 여행하면서는 관광지 근처에서 집시들을 자주 볼 수 있었다. 경찰에게 쫓기는 모습을 보니 안쓰러웠고, 그들의 삶이 궁금하기도 했다. 주로 기차로 이동하다 보니 기차역 주변을 자연스레 관찰하게 됐다. 기차역 주변에는 노숙인과 집시들이 많았는데 그것은 어느 나라나 다 비슷한 모습이었다. 기차역 주변에 노숙인이 많은 것은 우리나라도 그러하니 말이다.

기차를 타는 것이 익숙지 않았는데 한 번은 이동 시간을 단축하기 위해 야간열차를 탔다. 우리나라에서도 내가 탈 기차 시간에 정확히 맞추고 플랫폼을 잘 찾아가야 실수 없이 탄다. 외국이니 오죽했겠나. 잘 알지도 못하는 외국어로 된 티켓과 전광판 표지판을 번갈아 가며 확인했다. 너무나 헷갈려서 기차역에 있는 현지인에게 표를 보여 주며 물었는데 갑자기 같이 뛰자고 하더니 우리가 타야 할 기차 칸까지 데려다주었다. 우리가 타자마자 기차는 출발했다. 자칫 차를 놓칠 뻔한 거다. 숨넘어갈 듯 호흡을 하면서도 웃음이 멈추지 않았다. 인사도 제대로 못 했는데 기차는 벌써 기차역을 떠나고 있었다. 낯선 외국인에게 베풀어 준 친절을 잊을 수 없다.

유럽 여행에서 배운 진심 어린 배려도 있다. 런던에서 파리로 넘어갈 때다. 파운드가 너무 비싸서 아껴 쓰다 보니 1만 원 정도 돈이 남았다. 파운드는 영국에서만 쓸 수 있어서 카페테리아에서

다 쓰고 가는 게 낫겠다고 생각했다. 샌드위치랑 커피를 주문했다. 남은 동전을 세어 봐도 정확한 금액 계산이 잘 안 됐다. 동전이 담긴 두 손을 그대로 점원에게 내밀어 보였다. 점원은 돈을 하나씩 세어 계산을 하더니 우리나라 돈으로 치면 100원 정도가 부족하다고 했다. 더 이상의 돈은 없어서 커피나 샌드위치 중 하나를 내려놓아야 하나 갈등했다. 그사이 점원은 내 손에 부족한 만큼의 동전을 넣어 주며 말했다. "No problem."

'음, 걱정하지 마. 이만큼의 동전이 있으면 되네~'라고 말하는 것 같았다. 점원과 나는 유쾌하게 웃었다. 점원은 베푸는 즐거움에, 나는 배려받은 기쁨에.

우리나라에서는 '그것만 주세요. 100원 깎아 줄게요.' 했을 텐데, 여행을 통해 배우는 다양한 문화의 한 모습이다.

자유 여행을 하는 것에 대한 두려움, 망설임으로 주저했다면 결코 얻지 못할 산 경험이다. 자유 여행을 한 덕분에 실수도 많이 하고 알찬 여행을 하지 못한 점도 있지만 배운 것은 더 많았다. 시도하지 않았다면 얻을 수 없는 경험을 놓고 보면 할까 말까 할 때는 해야 한다는 말이 맞다.

태국 여행을 갔을 때다. 피피섬에 가서 스쿠버다이빙을 하기로 했다. 수영도 잘 못하는데 바다에 들어갈 생각이라니. 아무래도 무모한 도전 같았다. 그런데 이미 배에 올랐고 잠수복도 입었다.

가장 중요한 것은 호흡이라고 교육받았고 잠수 장비를 세팅한 후 바다로 들어갔다. 물에 들어가는 순간 공포가 밀려왔다. 숨을 입으로 쉬어야 하는데 습관처럼 코로 쉬었다. 숨이 막혔다. 버둥거리니 현지 가이드가 숨을 입으로 쉬라고 손짓했다. 그제야 정신 차리고 숨을 들이켰다.

같이 잠수할 현지 안내원이 괜찮다고 할 수 있다고 용기를 주었다. 바다에 들어간 지 10분쯤 지났다. 계속 망설이는 나에게 자기의 손을 따라오라고 했다. 물 위에서 마법을 부리듯 움직이던 손이 바닷물 속으로 들어갔고 나도 어느새 바닷속으로 들어가고 있었다. 신기했다. 바닷속에 있다는 것이 황홀했다. 이름 모를 물고기들을 가까이에서 보고 옆에서 같이 헤엄치고 있다는 것이 꿈만 같았다. 어느 정도 물속으로 들어갔을 때, 내가 정말 보고 싶었던 흰동가리가 나타나자 눈이 휘둥그레졌다. 흰동가리를 보자 기분이 좋아졌고 또 한편으로는 정신이 들기도 했다. 왜 그랬는지 이제 됐다 싶은 마음에 엄지손가락을 위로 들었다. 그만 올라가겠다는 신호였다. 가이드의 안내를 받아 드디어 물 밖으로 얼굴을 내밀었다. 또 하나의 추억이다. 망설이고 주저하다가 포기했더라면 절대로 보지 못할, 느끼지 못할 경험 말이다.

'두려움을 느낀다 하더라도 괜찮다. 왜냐하면 두려움을 느낀다는 것은 곧 당신이 진정으로 용기 있는 무언가를 하게 된다는 것을 의미하니까 말이다.'

— 맨디 해일

망설이고 주저함은 내 안에 두려움이 있다는 것이다. 두려움만 놓고 보면 움츠려지지만, 용기 내서 해 볼 일이 있다고 생각하면 행동하게 된다. 망설이고 주저하기보다 용기 한 스푼 꺼내는 것, 내 인생에 대한 예의 아닐까?

3-5.

오늘은 나에게, 내일은 너에게

_ 윤수정

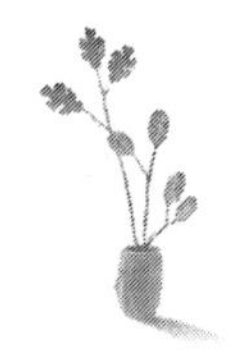

'늦었다! 아이들 데리러 가야 하는데.'

시계를 보니 벌써 5시가 넘었다. 아직 못다 한 일들이 많았지만 뒤로하고 정신없이 퇴근했다. 아이들 학교 돌봄 교실로 향했다. "태하야, 두형아." 얼마나 기다렸는지 내 목소리를 듣자마자 두 녀석이 신발도 안 신은 채 뛰쳐나왔다. 두 아이 가방을 양어깨에 걸쳐 메고 아이들 손을 잡고 집으로 향했다. 오는 길에 잠깐 마트에도 들렀다. 저녁밥 해 먹을 몇 가지 음식 재료를 샀다. 양손 가득 짐을 지고 집에 도착했다. 여기저기 벗어 놓은 옷가지들이 먼저 눈에 들어왔다. 싱크대에 수북이 쌓여 있는 그릇과 너저분한 식탁도 보였다. 갑자기 숨이 턱 멈춘다. 잠시 의자에 앉을 겨를도 없이 앞치마를 둘러맸다. 학교 일도 집안일도 매번 쫓기는 기분이다.

이 와중에 나를 더욱 힘들게 했던 것은 바로 박사 학위 논문이었다. 끝날 듯 끝나지 않는 논문 작업은 나를 지치게 했다. 아니,

피를 말렸다. 이 일은 퇴근 후 집안일하고 아이들을 재우고 난 후에야 비로소 할 수 있었다. 자정을 훌쩍 넘겨 새벽녘까지 논문을 쓰는 날이 허다했다. 진도는 나가지 않았다. 어느 날은 너무 막막하고 힘들어서 혼자 눈물짓는 날도 있었다. 잘 쓰고 싶은데 잘 쓸 수가 없었다. 포기해 버리자니 그간 쏟은 시간과 노력이 아까워서 다시 뒤돌아 갈 수도 없었다. 매듭을 짓지 못하니 나아갈 수도 없었다. 그런 날들이 반복되자 내가 왜 이렇게 힘들게 이 논문을 써야 하는지, 무엇 때문에 이렇게 힘들게 사는지 답을 찾을 수가 없었다.

그날도 퇴근과 함께 부랴부랴 아이들을 찾고 저녁밥을 해 먹었다. 설거지도 하고 빨래도 했다. 아이들 숙제와 공부도 봐 주었다. 잠자리 들기 전 동화책도 한 권 읽어 주었다. 아이들과 씨름하고 집안일과 한판 대결을 한 후 비로소 책상에 앉을 수 있었다. 힘이 쭉 빠진다. 습관처럼 노트북을 열었지만 어쩔 수 없이 한다는 생각에 논문 파일을 열기조차 싫었다. 잠시 눈을 감았다. 오늘 아침 일이 떠올랐다. 우리 반 아이들에게 아침 훈화를 했었다. 벌써 한 해의 끝에 와 있으니 남은 두 달을 최선을 다해 생활해야 한다는 이야기였다. 정작 아이들에게는 일장 연설을 해 놓고서는 나는 그렇게 살지 못하고 있다는 생각에 마음이 무거웠다.

그때였다. 무심코 켜 둔 가톨릭 라디오 방송에서 이런 말이 흘러나왔다. "11월은 위령성월의 달입니다. 우리는 죽은 이의 영혼을 위해 기도하며 준비해야 합니다. 메멘토 모리! 죽는다는 것을 기억하라! 오늘은 나에게, 내일은 너에게! 우리는 누구나 죽음을 맞이합니다. 우리는 영원을 꿈꾸지만, 순간을 살다가 돌아갑니다. 죽음을 기억하십시오." 그렇다. 분명 나는 언젠가 죽을 것이다. '내가 죽기 전에 꼭 하고 싶은 것은 무엇일까?' 하는 생각을 해보았다. 가족들과 행복한 시간을 보내는 것, 아이들을 잘 키우는 것, 그리고 지금 내가 하기 힘들어하는 이 논문을 잘 마무리하여 박사 학위를 받는 것이 떠올랐다. 박사 과정에 입학 지원서를 냈던 그 첫날도 기억이 났다. 합격하기만 한다면 그 무엇을 못 하랴! 하며 제발 합격만을 소원했던 때가 있었지 않은가! 이렇게 사람 마음이 간사하다. 어느새 초심을 잃어버린 것이다. 그런 내 모습을 보고 있노라니 부끄럽기까지 했다.

'메멘토 모리! 죽음을 기억하라. 오늘은 나에게, 내일은 너에게!' 이 말은 로마 공동묘지 입구에 새겨진 문장이라고 한다. 우리 모두에게 죽음이 있다는 말이다. 지금, 이 순간 내가 해야 할 중요한 일이 무엇인지 깨닫게 했다.

고등학교 시절 입시 준비를 하며 내 마음을 다잡아 주던 문장 하나도 떠올랐다. '오늘은 어제 죽어 가던 사람이 그토록 바라던 내일이다.' 내가 오늘의 소중함을 모르고 살았구나! 하는 생각들이 밀려왔다. 지금 이 힘듦도 어쩌면 내가 살아있기에 느끼고 있는 것이라는 생각도 들었다. 사실 박사 논문 쓰는 것은 나의 한계를 넘어서는 일이었다. 그래서 더 자꾸 멀리하고 싶었다. 실패가 두려워 맥없이 끌려다니는 느낌만 가득했다. 그러나 이 공부는 내가 정말 좋아서 시작했던 공부였다. 그동안 각고의 노력을 했었다. 아이들을 이곳저곳에 맡겨 가며 밤늦게까지 수업을 들었다. 또 집에 돌아와 각종 과제를 하며 매 학기를 버티고 버텼다. 이제 끝마무리하는 시점에 와 있다. 이 셋째 결전의 순간에 머뭇거림이라니. 잠시 잊고 있었던 처음 그때의 마음을 떠올리니 이래서는 안 되겠다는 생각이 들었다. 나 자신에게 물었다. '나는 어떤 결심을 하고 이 공부를 시작했는가? 내가 그동안 어떻게 이 공부를 위해 노력했는데 지금 이렇게 징징거리고 머뭇거리고 있는 것이 옳은가?' 나는 어쩜 이 논문을 끝마치지 않고서는 편안한 죽음을 맞이할 수 없을 것만 같았다. '어차피 한 번은 죽을 거, 죽는 힘을 다해 싸워 보자. 그까짓 것 죽기까지밖에 더해.' 하는 용기가 났다. 죽는 그 순간까지 내가 정말 하고 싶은 일을 하며 멋지게 살아야겠다는 다짐도 했다.

이후로도 몇 번의 어려운 고비가 있었지만 포기하지 않았다. 끝까지 노력했다. 그해 12월 말, 박사 학위 논문이 통과되었다. 그 이듬해 2월, 무사히 졸업도 하였다. 박사 학위를 받은 그날은 내 인생 최고의 날이었다. 행복했다. 나 자신이 정말 자랑스러웠다. 그 이후로도 선뜻 용기가 나지 않아 주저주저할 때면 나는 습관적으로 혼잣말을 한다. '메멘토 모리! 오늘은 나에게, 내일은 너에

게!'

'이 일을 해야 하나, 말아야 하나. 아! 힘들어서 그만두고 싶다!' 하는 순간이 있다. 그럴 때는 잠시 눈을 감고 죽음을 맞이하는 나의 마지막 순간을 떠올려 보자. 죽음을 앞둔 내가 '그 일을 그만두어라!'라고 말했다면, 그 일은 그만두어야 한다. '그 일 때문에 마음에 걸려 죽지 못할 것 같다.'라는 생각이 든다면, 그 일은 해야 한다. 무슨 일이 있어도 해야 한다. 우리의 삶은 유한하지 않다. 우리는 모두 언젠가는 죽는다. 그 마지막 순간이 언제가 될지는 아무도 모른다. 돈이 많은 부자도, 사회적으로 성공한 사람도 죽음의 순간을 피할 수는 없다. 오늘이 천년만년 계속될 것처럼 어떤 일을 계속 미루고 용기를 내지 못하고 있다면, 죽음에 대해 생각해 보라! 나 자신에게 질문을 던져 보면 어떨까?

'내가 정말 좋아하는 일은 무엇일까?'
'내가 죽기 전에 꼭 하고 싶은 일은 무엇일까?'
'내가 죽기 전에 꼭 해야만 하는 일은 무엇일까?'

3-6.

고맙습니다

_ 이시은

2021년 봄, 오랜만에 혈당기를 꺼냈다. 가끔 생각날 때마다 혈당을 재 보는 의례적인 행동이었다. 채혈을 마치고 알콜 스왑으로 손끝을 닦고 있었던 중에 혈당기 화면에 숫자가 나왔다. 심장이 쿵 내려앉았다. 식후 두 시간, 170mg/dL이 넘었다.

가족력으로 합병증을 보며 자랐던 터라 덜컥 겁부터 났었다. 당뇨에 대해 알기 위해 관련된 커뮤니티에 가입했다. '똔서기'라는 닉네임으로 활동했다. 혈당 수치나 일상에 관련된 글을 올렸는데, 특히 운동에 관련된 게 많았다. 언젠가부터 사람들은 '똔서기' 하면 운동 또는 근육을 떠올렸다. 그래서인지 쪽지나 댓글로 운동이나 운동 후 식단 관련해서 질문이 많았다. 하지만 답을 해 주지 않았다. 합병증이 있을 수 있는 당뇨인이다. 섣부른 조언을 했다가 고혈당을 볼 수도 있다. 가끔 밥을 얼마나 먹어야 하는지 조언해 달라고 하는데 답을 해 주지 않았다. 사람에 따라 필요한 양의 차가 크기에 탄수화물은 권고량이 없다. 그 사람의 기초 대사량이나 환경, 운동 강도 등을 모르는 상태에서 함부로 조언할 수 없었다. 사실은, 늘 상대의 건강만 걱정해서 말을 안 했던 건 아니다. 결과물이나 대가를 바라고 경험을 나눈 건 아니다. 그렇지만 답만 얻고는 말 한마디 없이 쌩하고 사라지는 사람이 많았다. 내 책을 내어 줄 정도로 도왔지만 한 페이지를 펼쳐 보지도, 아니, 노력조차 안 하던 사람도 있었다. 언젠가부터 내 답변은 변했다. 그저 누구나 할 수 있는 대중적인 말이나 응원 정도였다.

어느 날 알람이 울렸다. 가입 초반에 올렸던 글에 누군가 댓글을 달았던 거다. 당뇨 전 단계인 중학생 딸 하늘이를 걱정하는 엄마였다. 엄마는 하늘이의 밥을 줄여 혈당 조절을 하고 있었다. 탄수화물을 줄여 먹으니 당연히 혈당은 좋았다. 문제는 하늘이의 몸 상태였다. 하늘이는 점점 체중이 줄었다. 기운도 없었다. 그녀는 딸의 당뇨 관리를 위해 주 2회 PT를 시킨다고 했다. 그 외에도 수시로 계단 오르기나 산책시키는데 앞으로는 수영도 배우게 하고 PT도 주 3회로 늘릴 생각이라고 했다. 엄마 눈에 하늘이는 주로 컴퓨터 앞에만 앉아 있는, 운동이 부족한 아이였다. 순간 하늘이의 일상이 그려졌다. 반 그릇도 안 되는 아침 밥상, 무거운 책가방을 들고 등교하는 모습, 간식은커녕 배고픔을 참고 과외를 하는 하늘이. 그러고는 트레이너의 지도하에 강도 높게 운동하는 모습까지. 단 한 번도 마주한 적 없는 하늘이의 고단한 하루가 보였다. 당장 멈추어야 했다. 지금처럼 무리한 일과와 탄수화물을 제한해 식단 한다면 아이는 스트레스 때문에 혈당은 더 오를 테다. 호르몬에도 문제 생길 수 있다. 단기간 체중 감소에 갑상샘 문제나 생리 불순이 생길 수 있듯이 말이다. 100세 시대다. 앞으로 80년 가까이 더 살 텐데…. 내 아이들과 또래라 그런가, 남 일 같지 않았다. 그나마 다행인 것은 하늘이는 다시 비당인으로 돌아갈 수 있는 당뇨 전 단계로, 적기다. 간단하게라도 조언하기로 마음먹었다. 아무리 간단하게라도 하늘이에 대해 알아야 한다. 상태와 생활 습관, 일과 등을 물었다. 하늘이 엄마는 내 물음에 답하기에 앞서 말했다.

"똔서기 님, 정말 고맙습니다."

그날 저녁 6시, 책상에 앉아 노트북 전원을 켰다. 새하얀 한글 바탕에 커서가 깜박였다. '하늘이의 운동과 영양'이라는 제목부터 적었다. 오롯이 하늘이만을 위한 글쓰기다. 하늘이는 PT를 받고 있다. 운동 지도는 트레이너가 하겠지만 방향은 부모가 정해 줘야 한다. 하늘이는 마른 비만 체형이다. 체지방만 보고 무작정 다이어트를 하기보다는 근육을 만드는 것이 우선이다. 근육은 20대부터 감소하기 때문에 하루라도 빨리 보험처럼 만들어야 한다. 게다가 당뇨인이다. 당뇨인에게 근육은 더 특별하다. 근육은 당을 에너지로 쓴다. 한마디로 근육은 당 잡아먹는 귀신이다. 근육이 많으면 많을수록 혈당을 더 많이 소비할 수 있다. 운동하는 방법도 바꾸어야 한다. 걷기 같은 유산소성 운동이 혈당을 내리는

데는 적합하긴 하나, 지금처럼 눈앞에 혈당을 내리기 위해 매번 숙제처럼 운동한다면 지친다. 어른도 지치는 마당에 아이는 더할 테다. 매번 쫓는 게 아닌 규칙적인 운동 습관을 만들어야 한다. 고강도의 운동을 규칙적으로 한다면 당뇨 전 단계나 유병 기간이 짧은 2형 당뇨인은 혈당 관리에 엄청난 효과를 볼 수 있다. 하늘이의 운동 핵심은 단시간에 알차게 운동해야 하고 습관으로 만드는 것이었다.

문제는 식단이었다. 하늘이는 좋아하는 반찬에 양껏 밥을 먹고 싶을 테다. 친구들과 편의점에서 군것질하는 걸 좋아할 나이인데 마냥 간식을 끊으라고 할 수도 없다. 과식이나 외식, 간식에 대비한 조언과 예시를 들었다. 하늘이 엄마가 해야 할 일도 적었다. 하루에 섭취해야 할 탄수화물과 단백질, 지방의 비율을 알려 주었다. 예시로 식단표도 만들었다. 하늘이의 활동과 기초대사량을 고려한 열량도 알려 주었다. 내 머릿속에는 오로지 '하늘이'만 있었다.

저녁 6시에 시작한 글쓰기는 다음 날 아침 6시까지 이어졌다. 화장실에 가거나 잠깐 스트레칭을 한 것 외엔 키보드를 두드렸다. 요즘 글쓰기를 안 하고 있었던 내가 하늘이 엄마의 고맙다는 말에 노트북을 열었다. 내가 누군가를 도울 수 있다니, 평범했던 내가 선인이 된 기분이다. 그저 나의 경험일 뿐인데 그녀에게는 희망이었다. 마지막 마침표를 찍고 저장 버튼을 클릭했다. 파일을 전송하고 12시간 만에 노트북을 덮었다. 자리에서 일어나니

핑 돈다. 어질어질, 균형이 안 잡히는 것이 마치 술에 취한 기분이다. 눈은 벌겋고 목과 허리도 뻐근했다. 몸은 지쳤지만, 가슴은 처음처럼 설레고 있었다.

"뿌듯해!"

그날 저녁 다시 노트북을 열었다. 한참 동안 멈췄던 글쓰기를 이어 갔다. 당뇨와 운동에 관한 글이다. 몇 달 전 지인에게 당뇨와 운동에 관해 책을 쓰고 있다고 말했었다. 내 말이 끝나기도 전에 대뜸 한다는 말이 누가 그 책을 보냐는 거였다. 그날 집으로 돌아와 곰곰이 생각했다. '정말 내 경험이 필요치 않나?' 이렇게 시작된 생각은 내가 독자에게 하려는 말은 무엇인지, 어쩌면 내 성공을 자랑하고 싶어 영웅담을 쓰고 있다는 생각도 들었다. 생각이 꼬리에 꼬리를 물다 보니 기운 빠졌다. 그리고 그날 이후부터 한 줄도 쓸 수 없었다.

하늘이 엄마의 고맙다는 말이 다시 글을 쓰게 했다. 단 한 명이라도 좋다. 내 경험으로 누군가를 도울 수 있다면 좋겠다. 어딘가에는 내 도움이 필요한 또 다른 하늘이가 있을지도 모르니까.

풍요로운 삶을 살고 싶었다. 한때는 비싼 음식과 물건을 사들이며 풍요를 누리고 있다고 생각했던 적 있다. 부족함 없는 화려한 삶인데도 마음은 반대였다. 우연히 일방통행 골목에서 쏟아진 폐지를 주워서 리어카에 싣고 있던 할아버지를 봤는데, 이 때문에 교통체증이 생겼다. 내가 할아버지를 도와 폐지를 주웠더니 경적을 울리던 운전자들도 어느새 하나둘 모여 함께 폐지를 줍고, 싣고, 단단히 묶어 주었다. 미간을 구기고 있던 사람들은 어느새 할아버지에게 조심히 가라며 웃으며 말했다. 할아버지는 연신 고맙다며 인사했다. 그날 하루는 말로 표현하기 힘든 무언가가 가슴에 가득 찼다. 드라마 〈이상한 변호사 우영우〉의 주인공인 우영우는 이런 걸 '뿌듯함'이라고 말한다.

누군가를 돕는다는 것은 가치 있는 일이다. 상대를 위해 했던 행동이겠지만 되레 내가 행복해지기 때문이다. 마음을 전하고 나누는 행동은 비어 있는 상대방의 마음을 가득 차오르게 한다. 그리고 그 마음은 다시 내게 배로 돌아온다. 진정한 풍요로운 삶이다. 돕는 삶, 이것이 가치 있는 삶이 아니겠는가!

3-7.

진정한 마음으로 보여 주는 삶의 지혜

_ 이정윤

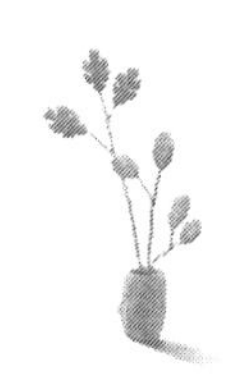

채워도 채워도 채워지지 않았다.

세상에 일찍 나온 아이들은 오랜 기간 병원 신세를 져야 했다. 아이들을 제대로 돌보지 못한 내 책임이라는 생각에 괴로웠다. 육체적으로, 정신적으로도 힘든 시간을 보냈다. 아이들이 자랄수록 내가 단단해져야겠다고 생각했다. 좋은 엄마가 되고 싶었다. 그러다 자기 계발에 눈을 떴다. 가장 먼저 새벽 기상을 시작했다. 책을 읽기 시작했고 독서 모임에 들어갔다. 아이가 이유식을 시작할 무렵에는 동양의 자연사상과 음양 원리에 뿌리를 두고 있는 식생활 방법 매크로바이오틱을 배우러 다녔다. 왕복 서너 시간이 걸렸다. 바쁜 생활을 하다 회사 복직하고 얼마 지나지 않아 코로나19로 인한 펜데믹이 찾아왔다. 세상은 빠르게 변해 갔다. 오프라인 세상에 단절된 사람들은 온라인 세상에 빠져들었다. 나도 마찬가지였다. 한창 자기 계발에 빠져들어 있었다. 따라가지 않으면 뒤처지는 느낌이 들었다. 메타버스, 웹 3.0, 글쓰기, 영어,

디지털 드로잉, 캘리그래피, NFT 등 다양한 것을 공부했다. 이상하게 배우고 공부할수록 가슴 한구석이 허전했다. 마음이 채워지지 않았다.

> "여든두 살에도 마음만 먹으면 무엇이든 할 수 있다는 것을 보여 드리고 싶었어요. 여러분이 원하는 게 있다면 끊임없이 도전해 보세요. 확신만 있다면 여러분이 가는 그 길이 맞을 거예요."

2022년 5월 6일 백상예술대상 축하 무대 오프닝에서 나문희 배우가 했던 말이다. 우연히 유튜브에 나와서 보게 된 영상이다. 가슴을 울리는 영상이라 몇 번을 다시 보고 저장해 두었다. 나문희 배우는 '뜨거운 씽어즈'라는 프로그램에서 합창이라는 분야로 새롭게 도전했다. 그 결과, 이날 축하 무대 오프닝을 맡았다.

〈데뷔 57년, 나이 78세, 최우수 연기상 수상, 나문희 전성시대, 나이 82세, 새로운 도전, 무엇이든〉 나에게 들어온 키워드다. "저는 아직도 이 자리가 너무 떨리네요."로 시작한 오프닝 멘트에서 데뷔 61년 차 배우의 겸손이 느껴졌다. 새로운 도전을 하려고 이 자리에 나왔다는 그녀는 여든두 살에도 마음만 먹으면 무엇이든 할 수 있다는 자신에 가득 찬 어조로 말했다. 눈시울이 따뜻해졌다. 심장이 벌렁거렸다. 말로만 떠드는 게 아니라 행동으로 보여주는 진정한 어른이었다. 그녀 뒤로 환한 후광이 비쳤다.

알고리즘 때문에 '뜨거운 씽어즈' 예고편까지 보게 되었다. 터벅터벅 무대를 걸어 나왔다. 수줍은 듯, 아닌 듯 당찬 발걸음. 손에는 땀이 차는지 주먹을 쥐었다 폈다 했다. 옅은 긴장감이 스쳐 지나갔다. 그리고 노래 시작 전 사전 인터뷰 영상이 나왔다. PD가 프로그램의 출연 동기를 물어봤다.

"행복해지고 싶어서 한다고 했어."

대답에는 소녀 같은 미소와 함께 행복이 묻어났다. 갑자기 가슴이 쿵 내려앉는 것 같았다. 나는 행복한가? 나는 무엇을 위해 공부하지? 나는 행복을 위해 무엇을 하지? 수많은 질문이 머리를 스쳤다. 한동안, 이 질문들이 내 머리를 가득 채웠다. 그리고 깨달았다. 내 마음이 공허했던 이유는 마음속 방황 때문이라는 것을. 하고 싶은 것이 많아 다양한 것을 하지만 진정으로 원하는 일이 무엇인지 몰랐다. 이것저것 하느라 표면적으로만 바빴을 뿐 배우는 의미가 부족했다. 속이 텅 빈 껍데기 같았다. 더불어 육아까지 제대로 못 하고 있다는 생각에 머리가 복잡했다.

반주가 흐르고 손으로 차곡차곡 박자를 셌다. 떨리는 목소리로 노래가 시작됐다. 숨소리까지 생생하게 들렸다. '쓸쓸하던 그 골목을 당신은 기억하십니까. 지금도 난 기억합니다…….' 조덕배 가수의 '나의 옛날이야기'였다. 나문희 배우의 노래는 지극히 평범했다. 조금 더 솔직하게 말하자면 음정, 박자가 제대로 맞지 않았다. 하지만 노래를 듣고 있던 패널들은 한 명씩 울음을 터트렸고 나 또한 가슴이 뜨거워졌다. 노래 실력이 대단한 것도 아닌데 왜 눈물이 흘렀을까. 덤덤함과 차분함 뒤에 그녀의 도전이 보였다. 노래 부르는 모습이 행복해 보였다. 행복해지고 싶어 지원하게 되었다는 그녀의 동기가 진심으로 다가왔다.

나에게도 동기가 필요했다. 행복해지는 일을 하고 싶었다. 더 행복해지고 싶었다. 왜 방황하는지 원인을 알아야 했다. 확신이 부족했다. 자기 확신. 내가 무엇을 원하는지, 무엇을 하고 싶은지 확신이 필요했다. 자기 계발을 시작하게 된 동기를 떠올렸다, 나는 아이들에게 좋은 엄마가 되고 싶었다. 강인한 마음을 갖고 싶었다. 성장하는 사람이 되고 싶었다. 방황하고 망설이기를 멈추기로 했다.

하고 있던 많은 일 중에서 하나씩 골라내기 시작했다. 행복해지기 위해서는 더하기가 아니라 빼기가 필요했다. 나를 가장 성장시킨다고 느끼게 해 주는 글쓰기 공부는 포기하고 싶지 않았다. 오히려 더 잘하고 싶었다. 내용을 이해하든 하지 못하든 열심히 수업을 들었다. 수업이 끝나고 한 문장이라도 적어 본다. 그리고 책을 읽었다. 글쓰기와 독서는 세트다. 좋은 글을 쓰기 위해서 독서는 반드시 해야 한다. 책을 읽을 때는 완독에 집착했다. 생각을 바꾸기로 했다. 책을 많이 읽어야 한다는 생각을 버리고 소화할 수 있는 만큼 책장을 넘긴다. 예전보다 책 읽는 시간이 즐겁다. 어려워 보이는 책들도 읽어 보고 싶은 욕심이 생긴다. 다른 사람의 글을 읽고 공감과 위로를 얻듯이 내가 쓴 글이 타인에게 도움을 줄 수 있다면 행복하겠다고 생각했다.

덜어내니 마음이 편하다. 하고 싶은 일에 노력을 더하는 중이다. 과거보다 공부하는 것이 즐겁다. 노래를 부르면 행복할 것 같다는 여든두 살의 연기자는 합창단에 들어가 얼마 뒤 축하 공연 무대에 올라 꿈을 실현한다. 노래를 부르는 내내 얼굴에 웃음이 가득하다. 서른아홉 살의 나는 책을 읽고 글을 쓴다. 독서와 글쓰기가 내 인생을 의미 있고 풍요롭게 해 줄 것이라는 확신이 든다. 내가 성장하고 있음을 느낀다. 글에서 나를 돌아보고 다른 사람의 인생을 배운다. 책에서 고개를 끄덕이는 문장을 마주하면 기분이 좋다. 배우는 일이 즐겁다.

진정으로 원하는 일을 우선순위로 남기고 다른 일은 덜어내니 삶이 가벼워진다. 삶이 가벼워질수록 그 빈자리에 행복이 채워진다. 그러니 망설이지 말고 행복해지는 일을 했으면 좋겠다.

3-8.

내가 틀릴 수 있습니다

_ 장진숙

간호학과에 가면 기본간호로 투약의 기본 원칙인 '5 RIGHT'를 배운다.

하나, 정확한 약물(Right Drug), 둘, 정확한 용량(Right Dose), 셋, 정확한 대상(Right Client), 넷, 정확한 경로(Right Route), 다섯, 정확한 시간(Right Time)이다. 7년간 병원 간호사 근무로 '5 Right'가 몸에 배어 무엇이든 확인하고 또 확인하는 버릇이 생겼다. 임상을 떠난 지 10년 이상 지난 지금도 이런 습관이 남아 일 처리를 더디게 한다.

실수에 '뭐 별일 아냐?'라고 가볍게 넘기는 사람도 있고, 실수가 모든 것에 영향을 끼쳐 혼자만의 구덩이를 파는 사람도 있다. 나는 다른 사람들의 실수에는 관대하게 '그럴 수 있지. 걱정 마. 다 해결돼.'라고 말하지만 내가 실수하면 많은 일에 신경을 쓴다. 나의 행동을 돌아보면서 자로 잰 듯 '왜 이런 일이 일어났을까? 어떤 부분이 잘못됐지?' 분석에 들어간다. 시간이 길어질수록 나에 대한 원망은 커지고, 기분은 자이로드롭 탄 듯 급하게 내려온다. 회복되기 위해서는 며칠, 치유의 시간이 필요하다. 스스로 나를 힘들게 한다는 사실을 알아 바꾸고 싶지만 바뀌는 것은 작심삼일이다.

아기는 옹알이만 해도 모두의 관심과 사랑을 받는다. 성인은 완전하고 성숙한 인간이라는 생각 덕분인지 실수에 엄격해졌다. 주위에서 사과하지 않는 사람들을 보면서 학습되고 '성인이 되면 더 이상 정기적 시험을 보지 않아서 실수를 쉽게 인정하거나 사과가 어려워진 것은 아닐까?'라는 생각이 들기도 한다. 아기도 청소년도 성인도 모두 틀릴 수 있다. 우리는 죽을 때까지 변화하며 성장하는 존재이기 때문이다.

나의 업무 중 직원들의 안전 교육을 지원하는 일이 있다. 특별 안전 교육 대상은 청소원, 설비 관리원, 조경 관리원으로, 이수해야 할 교육의 종류와 시간이 다르다. 이들은 직종마다 관리 감독자가 있다. 담당자들이 기존 업무에 치여 새롭게 챙겨야 할 특별 안전 교육을 자꾸 늦췄다. 내가 서둘러 위탁 기관에 강의 요청하기, 교육 내용에 적합한 내부 교육과 안전 관리 교육 기관 교육 찾기로 가능한 담당자의 부담을 줄일 수 있는 교육을 구성했다. 그리고 교육 대상자들의 부담을 덜고 강사의 교육 가능한 시간을 고려해서 단계별 방안도 마련했다. 담당자 다섯 명을 모아서 교육 내용과 단계별 진행 방법을 안내했다.

1단계: 5월 내부 안전 교육 수강 후 수료증 제출

2단계: 6월 안전 교육 전문 기관의 안전 교육 수강 후 수료증 제출

3단계: 하반기 위탁 기관 집합교육과 관리감독자의 서면 교육

"1단계 교육이 완료되면 2단계 교육의 구체적 방법을 다시 안내할 예정이니 기다려 주세요. 3단계 교육은 하반기에 정확한 일정을 정해서 진행하죠."라고 몇 차례 말했다. 담당자가 교육을 늦게 안내해 대상자들의 원성을 들은 일이 서너 번 있었다. 그래서 교육 기간을 일주일 남기고 교육을 잘 챙겨 달라고 안내하니 갑자기 한 담당자가 씩씩거리며 안내서를 들고 내 자리로 와서 "우리는 특별 교육 대상이 아니에요. 교육이 이렇게 많아서 일은 언제 하라는 거예요."라고 소리치고 갔다. 교육을 잘 마무리할 수 있을까. 며칠을 전전긍긍하면서 보냈다. 5월 1단계 교육 기간이 끝나가자 수료증을 안 낸 담당자에게 수료증을 제출하라고 재촉했다. 교육 종료 이삼일 전 두 명이 2단계 교육 수료증을 가지고 왔다. '내가 몇 번을 안내했는데 이걸 왜 가지고 왔을까? 무엇이 문제였을까? 내가 어렵게 썼나? 담당자들이 내 말을 안 들었나? 왜 그때 질문을 안 했나? 질문하면 내가 짜증 낼 것으로 보이나?' 많은 생각으로 머리가 아팠다. 담당자에게는 '2단계 교육을 미리 수강했으니 1단계 교육은 최대한 빨리 실시하고 6월 초순까지 수

료증을 제출해 주세요.'라고 했다. 2단계 교육은 사업 대상자를 특정하고 무료로 진행하는 교육이라 우리 직원들은 교육 대상자가 아니다. 직원들이 '회원 가입이 안 돼요. 비밀번호를 잊어버렸어요.' 등 잦은 민원 제기로 교육 승인 절차가 강화돼 교육을 늦게 듣는 사람들의 수강 승인이 안 될까? 염려했다. 2단계 교육을 다시 안내하겠다고 한 것이었는데 2단계 교육을 다 수료했으니 다행이라고 해야 할까? 이번 일이 나의 머릿속에서 떠나지 않아 며칠이 지나고야 그 일에서 벗어날 수 있었다.

명상 독서 모임에서 비욘 나티코 린데블라드의《내가 틀릴 수도 있습니다》라는 책을 읽었다. 작가가 수행하면서 경험한 일과 깨달은 것에 대해 잔잔하게 담고 있다. 책에서는 갈등이 싹트려 할 때, 누군가와 맞서게 될 때 도움이 되는 주문을 알려 준다.

'내가 틀릴 수도 있습니다.
내가 틀릴 수도 있습니다.
내가 틀릴 수도 있습니다.'

이 주문 덕분에 나만의 갈등 상황 대처법을 찾았다. 내가 틀릴 수도 있다는 말은 단순한 사실이지만 처음부터 받아들이기가 쉽지 않았다. 갈등 상황에서 나와 다른 의견이 있으면 '내가 틀릴 수도 있습니다. 내가 틀릴 수도 있습니다. 내가 틀릴 수도 있습니다.' 주문과 함께 주먹을 쥐었다가 쫙 편다. 그러면 나의 아집이 내 몸 밖으로 조금 빠져 가고 '내가 틀릴 수 있다.'라는 생각이 내 안에 조금 들어온다. 민원인에게 빨리 도움을 주고 싶은 마음에, 급하게 업무를 처리하다 한 절차를 그냥 지나쳐 민원인에게 잘못 안내한 일이 있었다. 나의 잘못을 발견하고 인정하기가 쉽지 않았으나 갈등 상황 대처법을 활용해서 나의 실수를 받아들이고 민원인에게 나의 잘못을 사과했다. 이렇듯 '내가 틀릴 수 있다.'라는 것을 받아들이니 나의 전전긍긍하고 불안하던 마음이 홀가분해졌다. 아직은 필요할 때 갈등 상황 대처법이 바로 떠오르지는 않지만, 나의 습관으로 만들기 위해 연습하는 중이다.

내가 틀린 것을 발견하면 그 문제가 영원하고 모든 일에 영향을 끼친다는 막연한 생각에 힘들어했다. 그런데 잊지 말아야 할 두 가지가 있다. 첫째, 이 문제는 곧 지나간다. 둘째, 이 문제가 인생 전체에 영향을 주는 것이 아니다. 결과가 좋든 나쁘든 상관없이 시간이 지나면 문제는 해결된다. 문제를 끈질기게 물고 늘어지면 해결책도 찾을 수 있다. '내가 틀릴 수도 있다'라는 사실을 인정하고 받아들여서 다시 똑같은 실수를 반복하지 않으면 된다.

3-9.

나를 딛고 훨훨 날아

_ 정유나

망설-이다[타동사]: 이리저리 생각만 하고 태도를 정하지 못하다.

나중에라는 말로 미루고, 어쩌지 하는 마음으로 주저했다. 잘할 수 있는 일인지, 해야 하는 일인지 고민하느라 보내는 시간이 많았다. 감사를 표현하는 것도 시기를 놓쳐 오히려 민망해지는 순간이 있었고, 글쓰기 수업도 머뭇거리다가 마감날에 겨우 신청서를 내밀었던 나는, 한마디로 우유부단했다.

왜 이렇게 망설일까. 누군가는 그 근원이 불안이라고 이야기한다. 잘못되면 어떡하냐는 불안도 맞는 것 같다. 시간과 비용, 노력을 들인 일이 허투루 돌아가지 않을까 하는 마음도 있었던 것 같다. 어느 하나 손해 보고 싶지 않은 마음 말이다. 더 잘하고 싶은 마음도 행동을 늦췄다. 생각해 보건대 무언가를 포기할 줄 알아야 잡을 수도 있었다.

그런 나를 알면서도 남편은 내가 하고자 하는 일에 핀잔 없이 응원을 보냈다. 마인드에 관한 수업, 글쓰기 수업, 독서 모임 등 배우거나 참여하고 싶은 것이 있을 때 남편과 의논했다. 아이가 있고, 시간과 비용이 드는 일이라 남편의 동의와 도움은 필요했다. 그럴 때면 '그래, 한번 해 봐.'라는 말을 먼저 해 주었다. 어떤 내용인지, 어디에서 하는지, 언제인지 묻는 건 그다음이었다. 입 밖으로 꺼내 놓고도 옳은 선택인지, 잘할 수 있을지 주저할 때가 있었는데, 그럴 때라도 할 수 있을 테니 걱정하지 말라는 말을 먼저 하는 사람이었다. 사실 이런 응원의 말과 달리 남편도 일과 학업, 개인적인 일로 바쁘긴 했다. 설령 남편의 시간과 맞지 않아 발을 동동거릴 때가 있을지라도, 말이나마 다정할 때면 남편에게 더 잘해야겠다고 생각했다.

그런 남편에게 공식적으로 편지 쓸 기회가 생겼다. 참여하고 있던 멘탈 스피치 수업 4주 차에 남편에게 마음 담은 편지를 써서 전하는 과제가 주어졌다. 몇 년 만인가. 막상 쓰려니 무슨 말로 시작해야 할지 몰랐지만 써 내려 가다 보니 그간 남편의 노고에 고마움을 표현하지 못했다는 생각이 들었다. 이른 아침부터 시작하여 그의 하루가 머릿속을 스쳐 갔다. 비바람이 불어도 어김이 없는 출근, 편하지 않을 그의 일터, 위계질서가 있는 사회, 경직되었을 표정, 허기짐을 채우는 식사 시간, 잠깐의 휴식, 야근 혹은 회식 자리, 늦은 잠….

업무나 사람에 관해 힘든 내색 한 적 없어 남편의 날들을 깊이 생각지 못했다. 집으로 들어설 때의 밝은 표정은 안도감일 수 있겠다는 생각에 이르렀다. 나도 일해 봤지만, 직장 생활 어려움 없는 사람 없다. 하다못해 매일 아침 일어나는 일도 쉽지 않을 테니까. 그도 사람인데 그동안 내색 없이 지내고 있을 뿐이라는 생각이 들자 코끝이 한참 동안 시큰거렸다.

전날 새로 산 분홍색 편지지에 써 내려 간 마음을 봉투에 담아 봉인했다. 아침에 쓴 편지를 책장에 꽂아 두고 그의 퇴근 시간을 기다렸다. "오늘 저녁 먹고 갈게. 미안해." 밤 10시가 넘어 얼큰하게 취한 채로 들어와 아직 잠들지 않은 딸을 안아 든다. 기분이 좋아 보인다. 그 틈을 타서 내가 쓴 거라며 아침에 써 둔 편지를 내밀었다. 같이 보자는 딸을 뒤로하고 혼자 읽겠다고 편지를 들고 안방으로 들어가 문까지 잠갔다. 딸과 나는 안방 베란다 창문으로 남편의 모습을 훔쳐봤다. 방바닥에 앉아 편지를 펼쳐 들고 눈물 훔치던 모습을. 조금 뒤 방문을 열고 나온 남편이 활짝 웃어 보였다. "고마워." 그리고 이어 말했다. "다리아(곧잘 부르는 세례명이다), 뭐든 해 봐. 나를 딛고 훨훨 날아. 알았지?" 두 손을 펼쳐 날아오르는 시늉까지 했다. 아침에 편지 쓰며 시큰거렸던 코끝이 다시 찡하다. 이번엔 눈까지 따끔거렸다. 눈을 더 크게 깜빡였다. "나도 고마워요."

줌 화면에 비친 교육생들의 표정이 편안해 보인다. 어떤 일들이 있었을까. 멘탈 스피치 수업 4주 차 과제인 '남편에게 편지 전달하기'를 마친 수강생들의 소감이 이어졌다. 여섯 명 모두 아이를 키우는 엄마들이다. 오랜만에 썼다는 손 편지를 남편에게 직접 건네기도 하고 가방에 넣어 두기도 하고, 또 쑥스러운 마음에 식탁에 올려놓기도 했단다. 편지를 쓰며 느꼈던 감정에 대해 입을 모아 했던 말은 남편에 대한 고마움을 새삼 느끼게 되었다는 것이다. 그 마음이 전해져서 그랬을까. 편지를 전달받은 남편들의 반응 또한 다양했다. 활짝 웃거나, 기분 좋은 마음에 술 한잔 걸쳐 춤추거나, 함께 울었다는 분까지. 편지의 힘, 아니, 진심을 담은 말에는 표현하기 어려운, 아름다운 힘이 있음을 깨달았다.

웃어야 할지, 울어야 할지. 우리 집에서도 편지 하나로 감동이 진동하던 그날, 남편이 자신을 딛고 훨훨 날라고 말했던 날의 기억이 그에게는 남아 있지 않았다. 알큰하게 몇 잔 들이켜고 왔어도 말이며 행동 모두 세심해서 몰랐다. 딸과도 여느 때와 같이 재잘재잘 말도 잘했는데, 다음 날 그는 편지를 받은 기억조차 하지 못했다. 힘 빠졌다. 내가 받은 감동은 꿈이었나. 도대체 얼마나 마셨기에. 기막히고 황당한 마음도 잠시, 이내 마음을 바꾸기로 했다. 취중 진담이라고 하지 않나. '그래, 그렇게 말할 때만큼은 진심이었어. 내가 느꼈잖아.' 내가 느꼈던 그의 진심을 간직하기로 했다.

"이번에 공저자를 모집하는데, 지원해 볼까요? 개인 저서도 아직 못 썼는데, 이걸 먼저 하고 해야 할까?" 남편에게 물음표를 던졌지만, 결정은 내가 해야 했다. 어느 정도 기울어진 마음 확인받고 싶었는지도 모른다. 한결같다. "그래, 해 봐. 나중에 하든 지금 하든 크게 다르지 않을 것 같아. 할 수 있을 때 하는 거지." 망설이는 마음에 여전히 다정한 말로 응원을 보내는 남편. 그 덕분에 용기 내어 글을 쓰고 있다.

마더 테레사는 말했다. 나는 당신이 할 수 없는 일들을 할 수 있고, 당신은 내가 할 수 없는 일들을 할 수 있다. 하지만 함께라면 우리는 멋진 일들을 할 수 있다고.

일상의 작은 일이겠지만 오늘도 내가 할 수 있는 걸 하기로 한다. 부쩍 술자리가 잦아져 어떤 날은 아침도 먹고 가지 못할 만큼 속이 좋지 않은 남편, 그를 위해 출근 시간에 맞춰 아침을 준비한다. 유산균과 비타민, 간에 좋다는 영양제도 물과 함께 식탁에 놓았다. 전날 차를 두고 왔다는 말에 사무실까지 대신 운전대를 잡았다. 이웃 아주머니로부터 추천받은 양파즙을 검색하고 주문 버튼도 누른다. 내가 할 수 있는 방식으로 남편에게 조금이나마 힘이 되어 주길 바라기 때문이다. '당신도 나를 딛고 훨훨 날아요.'

3-10.

말해도 괜찮아

_ 차휘진

나도 모르게 마음속 또는 입 밖으로 나가는 말들이 있다. 언제부터인지 '망했다'라는 말이 줄곧 나왔다. 무언가 실수하거나, 상황이 마음처럼 되지 않을 때, 지각을 직감하거나, 곧 혼날 것이 예상될 때. 중요한 순간 준비한 말이 생각나지 않을 때, 걱정한 일이 실현될 때 등등. 많은 상황에서 '망했다'라는 말이 찾아왔다. 그러면서 마음은 심각한 다큐멘터리 촬영 현장이 됐다. 상황을 모면하려고 돌아가지도 않는 머리를 굴렸다. 이러다 정말 인생까지도 망할지 모른다는 두려움이 컸다. 누구도 나에게 망했다고 하지 않았는데, 자신에게 '망함'에 대해 말해 왔다. 그 뒤에는 무거운 마음과 마주하기 괴로운 결과가 짝꿍처럼 따라왔다. 나를 탓하고 나의 망함을 선고하는 말을 어릴 때부터 많이도 했다.

이십 대 중반을 달리고 있던 어느 날, 우연히 처진 달팽이의 노래 '말하는 대로'를 들었다. 하루를 견뎌 내고 불안하고, 뭐할지 걱정하고, 답답하고, 난 안 된다고 생각한다는 가사가 공감됐다. 그런데 말하는 대로 생각한 대로 될 수 있다고? 마음먹은 대로 할 수 있다고? 주변에서 하는 많은 이야기가 있지만 정말 들어야 하는 건 내 마음속 작은 이야기라고? 십 분도 안 되는 노래의 가사가 마음을 때렸다. 노래를 듣지 않는 시간에도 머릿속에 계속 맴돌았다. 홀린 것처럼 한동안 한 곡만 반복 재생으로 들었다. 듣다 보니 노래 가사처럼 '말하는 대로' 될 수 있지 않을까? 그런 가능성이 담긴 생각이 찾아오기 시작했다.

그때부터 말하는 대로 다 됐다고 할 수는 없다. 노래를 안 듣는 시간이 길어지면 '말하는 대로'의 힘은 자연스럽게 잊혔다가, 노래를 다시 들으면 찾아왔다가, 노래를 안 들으면 잊히기를 반복했다. 일상에 치여서 허덕이고 있을 때 이 말은 온데간데없이 사라졌다. 다행히 나는 못 할 것 같고 큰 과제 앞에서 노력해도 안 될 것만 같은 때에, 우연히 이 노래를 다시 듣게 되거나 문득 생각이 났다. 없는 줄 알았지만, 마음속 방구석 서랍 저 끝에 '말하는 대로'가 있었다.

때때로 이 노래를 통해서 '말하는 대로'를 듣고 나면 할 수 있을 것만 같은 기분이 들었다. 하는 일이 잘 안 돼서, 앞으로 어떻게 할지 막막하고 갑갑해도 '말하는 대로' 될 수 있겠다. 어떻게든 되겠다는 마음이 든다. 그러면서 입에서 나오는 말도 달라졌다. 할 수 있다. 잘될 것 같다. 어릴 때부터 자주 했던 '망했다, 큰일 났다, 어쩌지' 이런 말들이 잘 떠오르지 않게 됐다. 그리고 무엇을 말하면 좋을지 고민하게 된다. 아무렇게나 생각나는 대로 생각했던 것을 멈춘다. 생각들을 선별하게 된다. 잘 안 될 것 같은, 부정적인 방향의 생각이 떠오르더라도 곧 생각을 털어 내는 횟수가 늘었다.

어떤 때에는 마법사의 주문 같기도 하다. 뭐든지 가능할 것만 같은 느낌을 줄 때도 있다. 부정적인 말이나 생각을 조심하게 해 주고 희망을 준다. 내가 바라는 게 무엇인지 무엇을 말하고 싶은지 고민하게 한다.

그러다 문득 얼마 전, 노래를 한참 듣다가 깨달았다. '말하는 대로'의 마법이 나에게 눈에 띄게 나타나지 않았던 이유. 안 좋은 것은 말하지 않으려고 노력했는데, 원하는 것을 정작 말하지 않고 살던 것이다. 열심히 실천한다고 생각했지만 '말하는 대로'가 아니라 '안 말하는 대로'였다니. 일어나지 않기를 바라는 것에만 신경 써서 조심했지만, 정작 원하는 것은 잘 생각하지 않고 말하지 않았다. 그래서 그랬구나. 노래 가사처럼 '놀라운 깨달음'이었다. 예전에 기록했던 버킷리스트나 다이어리에 적었던 연간 목표에 무엇을 기록했는지조차 생각나지 않았다. 이럴 수가. 나는 그렇게 '말하는 대로' 노래를 들으면서 뭔가 깨달은 것처럼 혼자 생각했지만, 도대체 무엇을 '말하고' 다녔던 것인가. 혹시 '말하는 대로'에 관해 잘난 척 말하고 다닌 적은 없었는지, 부끄러움에 신속히 기억을 스캔했다.

그때부터 이 노래의 가사는 전혀 다르게 다가왔다. 나를 위로해 주고 격려해 주는 노래에서, 뼈를 때리는 노래가 되었다. '말하는 대로'가 '말 안 했잖아'로 들렸다. 얼굴이 뜨거워지고 '뭐든 말해야겠다'라는 부끄러움 섞인 마음속 아우성이 나왔다. 부끄러웠지만 그 상태가 싫지 않았다. 몇 년이 지난 이제야 이 노래를 제대로 듣고 있는 기분. 몇 년간 이 노래를 통해서 위로를 얻고, 힘을 얻고 했지만 내 멋대로 들었구나. 이제는 이 노래가 친한 친구에게 등짝을 맞는 느낌으로 들린다. 안전한 상태에서 깜짝 놀라 마주하는 진실. 그 후로 '말하는 대로'가 들릴 때마다 뭘 말할지 고민하게 됐다. 노래 가사처럼 작지만 놀라운 깨달음이 아니고 크고 놀라운 깨달음이다. 말하는 대로 되는데 '그래서 뭘 말할 건데' 물어보는 기분이다. 노래 가사를 들으면서 영어 듣기 평가 문제를 풀 듯이 집중해서 마음속 소리를 듣게 됐다.

힘든 일도 많았지만, 좋은 인연들을 만나서 감사한 기회와 경험을 쌓았다. 감사한 일들도 많았다. 그런데 때때로 원인을 찾지 못한 답답함이 찾아왔다. 도대체 왜 이렇게 답답할까. 좋은 일이 그렇게 많은데. 예전보다 많은 것들이 달라졌는데. 순간순간 원인도 모르고 답답함을 느끼는 내 상태가 답답했다. 이제는 이유를 알겠다. 그동안 정작 내 마음속 이야기에 제대로 귀를 기울이지 않았구나. 그리고 말하지 않았구나. 안도 섞인 깊은 한숨이 나왔다. 이것을 알았으니까 더 나아질 수 있겠다. 말하는 대로.

때때로 남 탓을 했다. 문제의 원인을 타인에게서 찾았다. 우리에게 피해자만 있고 가해자는 없다는 말을 들었던 게 생각난다. 깨닫고 보니, 내가 도전하지 못하고 행동하지 못하게 겁준 건 나다. 스스로 두려움을 조장하는 말을 수도 없이 했다. 나를 앞으로 나아가지 못하고 주저앉게 한 건 나 자신이다. 그리고 자신에게 했던 망함을 선고하는 협박의 말들이다. 타인을 탓하기 전에 나를 살펴보고 점검해야 했다. 자신에게 했던 두려움으로 범벅이 된 협박의 말을 멈추고, 바라는 것을 말하기 시작했다. 말문이 막히지 않도록 근거, 가능성, 논리, 절차는 던져 버린다. 그리고 그 순간 내가 바라는 바에 집중하고 귀 기울이며 표현한다. 어떤 말이든 반박하지 않는다.

자신에게 어떤 말을 하는가는 중요한 문제다. 안 좋은 말을 안 하는 것도 중요하지만, 원하는 바를 말하는 것도 힘이 세다. 안 좋은 말을 절제하는 것은, 나라는 배가 인생의 항해에서 가라앉지 않도록 해 준다. 그리고 원하는 것을 말하는 것은 배를 목적지로 나아가게 한다. 내가 바라는 것을 말하고, 내 마음과 귀로 들었을 때 용기가 찾아온다. 말하는 대로 되는 힘을 준다.

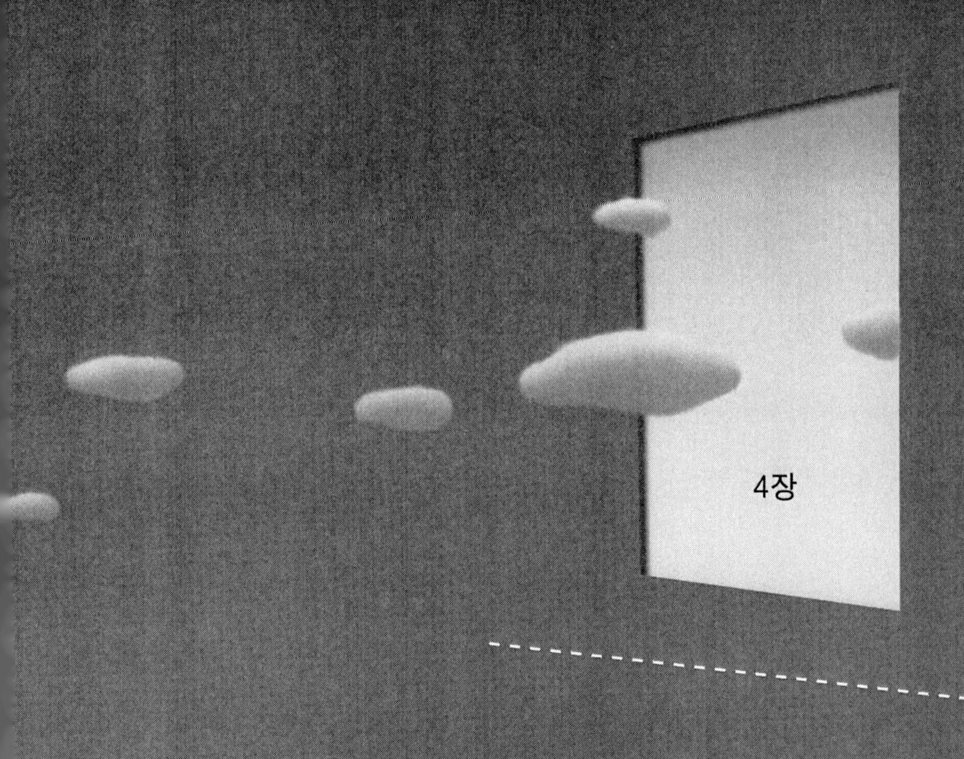

4장

무기력할 때,
동기를 부여해 준 말

4-1.

덕분에

_ 강선화

5시 30분 알람이 울렸다. 어둠을 더듬으며 알람을 껐다. 6시 두 번째 알람이 울렸다. 또 알람을 껐다. 눈꺼풀이 이리도 무거울까? 짙게 내리깔린 어두움처럼, 내 마음도 어두웠다. 아침이 다가올수록 이불을 얼굴까지 덮었다. 지금까지 허투루 살아온 적이 없는데, 누구를 모함한 적도 없는데, 일도 대충 한 적이 없는데. 왜 이런 모함을 받아야 하나. 더 이상 숨을 곳이 없다.

밤새 사람을 찾아다니고 상황을 설명했다. 평소에는 생각만 하던 말을 어찌 그리도 잘하는지, 나 스스로에게 놀랐다. 꿈이었다. 현실에서는 있을 수 없는 꿈. 이런 날은 잠을 자도 잔 것 같지 않다. 아직도 반쯤 감긴 눈으로 욕실로 들어간다. 이를 닦으며 거울에 비친 모습을 본다. 무표정, 삶에 의욕이라곤 어디에도 찾을 수 없다. 다크서클이 무릎까지 내려왔다는 우스갯소리가 이런 모습이겠지.

학교에서 새로운 보직을 맡았다. 직원들도 모두 교체되었다.

다른 부서도 바쁘기는 마찬가지겠지만 우리 부서는 누가 봐도 바쁘다. 여러 프로젝트를 한꺼번에 진행하느라 아침부터 밤늦게까지 해도 일은 넘쳐났다. 주말도 반납했다. 그런데도 원래 바쁜 곳이라고 생각해서인지 누구 하나 불평하는 사람이 없었다. 프로젝트 하나가 끝날 때마다 숨 고를 시간도 없이 다음 일을 준비했다. 팀 분위기도 좋았다. 누가 뭐래도 우리끼리는 잘하고 있다고 여겼다.

소문은 달랐다. 소문이 그렇듯 듣기 좋은 얘기보다는 몰랐으면 하는 얘기가 많은 편이다. 소문이라는 게 전해지는 과정에서 과장되기 마련이다. 알면서도 그런 얘기를 들을 때면 표정 관리가 안 됐다. 멘탈도 흔들렸다. 그런 날은 혼자 듣고 삭이느라 온종일 사무실에 처박혀 아무도 만나지 않았다. 누구라도 만나면 나도 모르게 하소연할 것 같았다. 며칠씩 일은 하지만 생각은 온통 누가 왜 그런 말을 했는지를 추적하느라 바빴다. 만나면 왜 그런 말을 했냐고 따지고 싶었고, 잘못 알고 있는 내용을 바로잡아 주고도 싶었다. 생각으로는 몇 번이나 그 사람과 싸우기도 하고 용서하기도 했다. 소문 때문에 얼굴도 모르는 사람을 탓하기도 하고, 내 능력을 탓하기도 했다. 의욕도 식욕도 잃었다. 어쩌다 먹은 음식은 체하기도 했다. 살도 저절로 빠졌다. 이렇게 무기력한 내 모습이 그 사람이 원하는 모습이라고 생각하니 오기가 생겼다. 나쁜 소문 생각은 접기로 했다. 바쁜 사람은 남 일에 신경 쓸 틈도 없고, 남의 일에 감 놔라 배 놔라, 훈수 둘 여유도 없다. 시간이 있어야 남의 말도 하는 법. 내 일에만 집중해야지. 그래도 문득문득 생각이 나는 건 어쩔 수 없었다.

드라마 〈낭만닥터 김사부〉에서 제자가 사부에게 "선생님은 좋은 의사인가요? 최고의 의사인가요?"라고 묻는 장면이 나온다. 사부는 "저기 누워 있는 환자한테 물어봐. 어떤 의사가 필요한지? 나는 필요한 의사야."라고 답했다. 고등학교 때 했던 기도 제목이 생각났다. '어느 곳에서나 꼭 필요한 사람이 되게 해 주세요.' 욕심도 많지. 어느 곳에서나 꼭 필요한 사람이라니! 있으나 마나 한 사람 말고 꼭 있어야 할 사람이 되고 싶었나 보다. 나는 좋은 선생인가? 최고의 선생인가? 좋은 선생도 되고 싶고, 할 수만 있다면 최고의 선생도 되고 싶다. 학생들에게 꼭 필요한 선생이 좋은 선생이고 최고의 선생이 아니겠는가.

지난여름, 한국에 있는 제자에게 메시지가 왔다.

'교수님, 안녕하세요. B입니다. 저는 어제 졸업하고 졸업장을 받았습니다. 교수님께서 추천서를 써 주신 덕분에 100% 장학금으로 다닐 수 있었습니다. 정말 감사합니다. 매월 생활비가 나올 때마다 교수님이 생각납니다. 정말 감사합니다. 아직도 너무나 부족하지만 제 도움이 필요하시거나 저한테 시키실 일이 있으면 언제나 저는 도와 드릴 수 있습니다. 늘 감사합니다, 교수님.'

무언가 부탁하는 글이려니 했는데, 감사하다는 내용이었다. 그것도 졸업식 바로 다음 날이다. 졸업생에게 감사 인사를 받기는 했어도 도와주겠다는, 은혜를 갚겠다는 인사는 처음이었다. 그저 추천서 한 장 써 준 것뿐인데, 잊지 않고 감사 인사를 했다. 적어도 이 친구에게는 내가 인정받는 것 같고 꼭 필요한 사람이라는 생각이 들었다. 오히려 내가 감사했다. 종일 안 먹어도 배불렀다. 나도 모르게 콧노래도 나왔다. 힘든 일도 술술 풀렸다. 제자가 보내 준 메시지 덕분에 다시 일어설 힘이 생겼다.

나도 누군가에게는 다시 일어설 '덕분에'가 되고 싶다. '덕분에'는 살리는 말이고 인정하는 말이다. 사람에게는 인정받고자 하는 욕구가 있다. 인정 욕구는 심리학에서 인간 생존을 위해 꼭 필요한 심리적 욕구라고 한다. 몽골 초원엔 야생화가 많다. 물이 있는 숲에 핀 꽃과 들판에 핀 꽃은 크기가 다르다. 숲에 핀 꽃은 키도 크고 꽃송이도 큼지막하다. 들판에 핀 꽃은 키도 작고 꽃송이도 작다. 거의 땅에 붙어 있다시피 한다. 사막으로 갈수록 더욱 그렇다. 따가운 햇빛 덕분에 꽃은 피었으나 비가 오지 않아 잘 자라지 못한다. 가끔 사막에 비가 오면 풀들이 갑자기 자라곤 한다. '덕분에'는 사막에 내리는 단비처럼 칭찬과 인정에 목마른 사람들에게 단비 같은 단어이다. 반면에 '때문에'는 죽이는 말이다. 지적과 질책은 사람을 위축되게 하고 불평하고 탓하고, 책임을 전가한다. 비록 들판에 핀 꽃이 작을지라도 꽃임에는 변함이 없다. 꽃의 크기로 비교하고 질책할 수 없다. 그곳에 피어 있는 것 자체로 가치가 있다.

우리는 매일 '때문에'와 '덕분에' 사이를 산다. '때문에'로 상처 입은 사람들에게 '덕분에'로 단비가 되어 주면 어떨까?

4-2.

아무리 보잘것없고 초라해도

_ 박정미

"아무리 보잘것없고 초라해도 자기 능력에서 출발하기. 일단 써 봐야 어디까지 표현 가능한지, 어디가 약한지, 어디가 좋은지 볼 수 있다. 글쓰기 초기 과정은 '질'보다 '양'이다."

—《글쓰기의 최전선》, 은유

책을 읽다가 발견한 문장이다. 밑줄을 그었다. 아무리 보잘것없고 초라해도 내 능력에서 출발하면 된다. 자꾸만 부끄러워하며 시작조차 하지 못했다. 멋지고 근사한 글을 써야 할 것만 같았다. 내가 현재 가진 능력에서 진실하게만 쓰면 되는데도 말이다.

벌써 몇 시간째. 이걸 쓸까, 저걸 쓸까. 모니터 앞에 앉아 있었다. 오전에 메모해 놓았던 수첩을 보며 이렇게도 써 보고 저렇게도 써 본다. 모두 마음에 들지 않는다. 한 페이지 정도의 글을 블록을 씌우고 삭제 버튼을 눌렀다. 힘겹게 쓴 글이 순식간에 날아가

버렸다.

연습장을 펼치고 무엇을 쓸지 다시 끄적여 본다. 별로 마음에 드는 게 없다. 낙서만 하다가 연습장을 덮었다. 의자에서 벌떡 일어나 주방으로 갔다. 냉장고에서 물병을 꺼내 컵에 물을 따라서 벌컥벌컥 마셨다. 아무것도 하기 싫었다.

침대로 가서 벌렁 누웠다. 아침 일찍부터 움직여서인지 피곤이 밀려왔다. 침대에 누웠지만 막상 잠은 오지 않았다. 다시 일어났다. 모니터 앞으로 갔다. 또 조금 쓰다가 지웠다. 더 이상 생각할 힘도 쓸 힘도 없었다. 시계를 보니 벌써 여섯 시를 가리키고 있었다.

현충일 추모 행사에 다녀온 날이다. 작년부터 합창단 활동을 하면서 행사장에 가끔 다녔다. 현충일 행사는 처음이었다. 의상부터 달랐다. 보통 때 목이 깊게 파인 화려한 드레스를 입었다면 그날은 흰색 블라우스에 검은색 바지를 입었다. 화장도 연하게 했다. 행사장 입구에서 중고등학생으로 보이는 자원봉사자가 검은색 리본을 나누어 주고 있었다. 리본을 가슴에 달면서부터 숙연해지는 느낌이었다. 사회자의 차분한 음성으로 행사가 차례차례 진행되었다. 마지막 순서 '헌화 시' 낭송 때는 순국선열에 대한 애도로 가슴이 먹먹해졌다. TV로만 보던 현충일 행사에 직접 참여해 보면서 감회가 남달랐다.

집에 도착한 시간은 오후 두 시. 행사를 마치고 점심으로 단체

회식을 했다. 쌈밥집에서 고기와 채소를 푸짐하게 먹었다. 식사 후에는 부단장님이 얼마 전 개업한 카페까지 들렀다. 산속에 지어진 카페는 자연과 어우러져 풍광이 아름다웠다. 집에 돌아오자마자 오늘 있었던 일을 글감으로 블로그 글을 한 편 쓰고 싶어서 책상 앞에 앉았다.

수첩에 적어 놓은 단어들을 쭉 살펴봤다. '현충일, 합창, 애국가, 봉사, 헌화 시 낭송, 쌈밥, 카페'. 어떤 주제로 어떻게 글을 적어야 할지 고민했다. 특별한 경험을 하고 글 한 편을 잘 써 보고 싶었다. 하지만, 도무지 감이 잡히지 않았다. 쓰고야 말겠다는 의욕은 넘쳤다. 쓰다 말다 반복하며 시간만 흘렀다.

스트레스가 가득했다. 문득 책에서 읽은 '아무리 보잘것없고 초라해도 자기 능력에서 출발하기' 이 문장이 떠올랐다. 책장에서 책을 찾아 펼쳐서 다시 한번 그 부분을 읽었다. 답답하던 마음이 조금 풀렸다. 누가 검사할 것도 아니고 누가 시킨 일도 아닌데 왜 그렇게 잘 쓰려고 기를 썼는지.

'잘' 쓰려고 하지 말고 '많이' 쓰라는 말을 자주 듣는다. 단번에 잘 쓰고 싶은 마음이 그득했다. 다 욕심이었다. 욕심을 부리니 뜻대로 잘 안 되었다.

블로그를 열었다.

현충일 행사에 다녀왔습니다. 합창단 단원으로 참여해서 애국가와 광복절 노래를 불렀지요. 검은색 바지에 흰 블라우스, 옅은 화장을 했습니다.

대기석에서 기다릴 때 단장님으로부터 웃고 떠들지 말라는 주의도 들었습니다. 여느 날과 다릅니다.

헌화 시 낭송 시간이 가장 인상 깊었습니다.

행사 시작 전에는 가벼운 나들이 정도로 생각했다가 끝날 때는 마음이 숙연해져서 돌아왔네요.

내가 지금 이렇게 자유를 누리며 멀쩡히 살아 있는 것은 누군가의 용기와 희생과 헌신이 있었기에 가능하다는 사실을 잊지 말아야겠습니다.

이렇게 간단히 적었다. 찍은 사진도 몇 장 첨부했다. 발행 버튼을 눌렀다. 몇 시간 동안 전전긍긍하던 블로그 글쓰기가 드디어 끝났다.

글 한 편 쓰는 데 많은 에너지를 쓴다. 정성껏 쓰는 것은 맞지만, 내 능력을 모르고 그저 멋진 글을 쓰려고만 한 건 아닌지 반성해 본다. 잘 쓰고 싶다는 욕심이 늘 앞선다. 그러면 의욕이 사라지고 아무것도 하기 싫어진다. 그럴 때마다 이 말을 꺼내 본다. '아무리 보잘것없고 초라해도 내 능력에서 출발하기.' 건너뛸 수는 없다. 시간과 정성, 노력이 필요하다. 일단 출발하면서 서서히 노력해 나간다. 마음 편히 먹는다.

자신이 가진 능력에서 출발하자. 너무 먼 곳을 보며 조급해하지 말고 오늘 내가 할 수 있는 일을 하자. 현재의 내 모습을 인정하고 나아가자. 가다 보면 원하는 곳에 도착할 수도 있을지도 모른다. 중요한 건 아무리 초라하게 느껴지더라도 지금 바로 시작하는 것이다.

4-3.

잃고 헤매다 길을 찾다

_ 서린

퇴사했다. 6년째 해 오던 교육 회사 지사 일을 그만두었다. 실적 압박으로 오는 스트레스도 있었지만 몇 해 전부터 준비해 온 선택이었다. 더 일찍 결정했어야 했는데 질질 끌고 왔나 싶기도 하다. 1인 기업가, 여성 CEO의 꿈이 있었다. 그렇다고 구체적이고 뚜렷한 목표, 방향이 있는 것은 아니었다. 막연히 늘 마음 한 구석에 품고 있었던 나의 바람이었다. 달라지고 더 성장하고 싶었다. 경제적으로도 더 나아지길 원했다. 2019년 넷째를 출산하고 그 마음은 더 커졌다. 성공한 사람들은 모두 책을 읽는다고 한다. 그래서 책을 닥치는 대로 읽기 시작했다. 자기 계발, 마케팅, 재테크, 인문, 심리 등 누구든, 어디서든 추천하는 책은 다 샀고 제목으로 끌리는 책도 사서 읽었다. 부동산 공부도 하고 투자도 했다. 네 아이의 엄마이기에 경제 사정을 무시할 수 없다. 현금 흐름을 만들어야 한다. 든든한 노후를 준비해야 했다. 부동산 커뮤니티에 가입하고 부동산, 재테크 공부를 하기 시작했다. 코로나로 온라인 강의를 들었다. 경매를 시작으로 분양권, 재건축 재개발, 법인, 상가 강의 모두 다. 재미있었다. 오프라인으로 더 깊게 공부하고 싶었다. 인터넷으로 찾아보니 대전에 K 재테크 학원이 있었다. 마침 다음날부터 시작하는 강의가 있어서 망설이지 않고 신청했다. 지역 분석 공부를 하며 하나씩 배워 갔다. 역시 공부는 대면으로 만나서 하는 게 최고다. 함께 공부하는 사람들과 소통하며 전국으로 임장도 다녔다. 어느 날, 코치가 면담을 요청했다. 운영하는 재테크 커뮤니티에서 독서 모임을 주관할 것을 제안했다. 투자 공부도 마인드가 중요하기에 독서는 필수다. 독서 모임 리더는 처음이라 내가 잘할 수 있을까 고민했지만 하겠다고 말했다. 내심 어떻게 해야 할지 막막해하는 나에게 독서 모임을 잘하는 박○○이라는 사람을 검색해 보면 도움이 될 거라고 말해 주었다. 그렇게 나는 박○○ 코치를 찾아보았고 그가 운영하는 블로그, 카페, 오픈 채팅방에 들어갔다. 그를 만나기 위해 그가 쓴 책도 구매하고 평생회원이 되었다.

독서 모임뿐 아니라 온라인 지식 창업 및 자기 계발의 신세계를 알게 되었다. 배움을 즐기고 강의 듣는 것을 좋아하던 나는 "아직 1인 기업 강의 안 들으셨죠? 들으세요!" 박○○ 코치의 말에 귀가 번쩍 뜨였다. 1인 기업, 여성 CEO는 늘 마음속에 품고 있었던 나의 꿈이 아니었던가? 1인 기업 강의를 해 주는 교수를 만나기로 했다. 그의 저서 중 두 권을 완독하고 약속일에 만났다. 그 열정으로 1인 기업 수업도, 콘텐츠 강의도 마스터했다. 1인 기업을 먼저 시작한 각 분야 멘토를 만나 인터뷰하고 인사이트를 얻었다. 그들이 진행하는 강의도 수강하였다. 매일 저녁 줌에 접속하여 이 강의, 저 강의를 들었다. 여러 독서 모임에도 참여하고 챌린지 인증도 했다. 마스터 마인드 그룹에 들어가 대표들과 정기적으로 만남도 이어 갔다. 그렇게 정신없이 바쁘게 열심히 살았다. 인생 목적도 방향도 희미해져 나의 정체성을 잃어 간 채….

퇴사한 지 1년이 다 되어 가는 어느 날 아침. 일어나기 싫었다. 몸이 무거웠다. 겨우 일으켜 아이들 등교시키고 다시 누웠다. 휴대폰만 만지작거리다 다시 잠을 잤다. 두어 시간 지났을까? 배고프다. 먹어야 하는데 먹기 싫다. 누가 밥 좀 차려 주었으면 좋겠다. 입맛도 없다. 대충, 있는 빵 조각에 커피를 마셨다. 그러고는 소파에 앉아 있다가 이내 누웠다. 전화가 왔다. 뒤집어 내려놓았다. 일어나 거실 창밖을 한참 보고 다시 소파에 누웠다. 식탁 위에는 아이들 아침 먹은 그릇이 그대로다. 거실에는 갈아입고 간 옷가지들, 머리끈, 머리빗이 모두 널브러져 있다. 치워야 하는데 치우기 싫다. 셋째가 하교하는 3시, 그 시간까지 그대로다. 남편이 퇴근했다. 집에만 종일 있는 건 힘들다며 헬스를 끊어 준다고 운동이라도 해 보란다. 아니면 좋아하는 걸 배워 보든가, 나가서 사람도 좀 만나라고 했다. 대꾸도 하지 않았다. 의욕이 없었다. 코로나 바이러스도 약해진 나의 마음을 알아챘는지 불청객으로 찾아왔다. 엎친 데 덮친 격으로 몸까지 아팠다. 계절로 말하자면 나의 삶은 겨울이었다. 몸도 마음도 추웠다. 한동안 겨울잠을 잤다.

겨울 지나 봄이 오듯 어느 날 나의 삶에 따뜻한 햇살이 비추었다. 라디오에서 들리는 황규영 노래 '나는 문제없어'라는 노래가 나의 마음을 일으켜 세웠다.

> "짧은 하루에 몇 번씩 같은 자리를 맴돌다 때론 어려운 시련에 나의 갈 곳을 잃어 가고~ …(중략)… 그렇게 돌아보지 마. 여기서 끝낼 수는 없잖아. 나에겐 가고 싶은 길이 있어. 너무 힘들고 외로워도 그건 연습일 뿐야. 넘어지지 않을 거야. 나는 문제없어!"

몸과 마음을 움직이게 하는 힘이 있는 노랫말이다. 나의 인생도 겨울잠에서 깨어나 드디어 봄을 찾았다.

독서와 글쓰기로 변화와 성장을 돕고 있다. 작가로, 라이팅 코치로, 나의 인생 봄 길을 걸어가고 있다.

3월 1일, 이사를 했다. 이사를 하고 맞이하는 첫 주말 아침, 막내딸이 자고 일어나 잠깐 놀더니 분주하게 뭘 찾는다. 뭐 찾는지 물었다. 몽이가 안 보인단다. 몽이는 막내딸이 세 살 때부터 안고 다니던 강아지 인형이다. 이사한 지 사흘째라 아직 못 푼 짐이 있었다. 주말에 정리하자 하고 쌓아 놓았는데 그 안에 있는 모양이다. 남편은 잠깐 출근을 했다. 회사에서 돌아오면 짐을 내려 달라고 해서 찾아보자고 했다. 막내딸은 이내 울상이다. 다른 인형 놀이 하라고 했더니 몽이를 부르며 울먹였다. 아침밥을 먹으라고 해도 싫단다. 좋아하는 놀이터도 안 가겠단다. 오빠가 간식으로 아무리 달래도 소용없다. 자기 침대에서 몇 시간째 누워 아빠 오기만을 기다리던 딸은 스르륵 잠이 들었다. 잠에서 깨어 아빠가 건네준 몽이를 안고서야 함박웃음을 지었다.

코로나19가 시작한 그해, 한두 달로 끝날 것 같았던 팬데믹 상태는 '코로나 블루'라는 신조어를 만들어 냈다. 코로나19와 우울함(Blue)의 합성어다. 전염병 전파에 따른 사회 활동 위축 등으로 인한 우울함을 이르는 말이다. 평생 일궈 온 사업체를 잃고, 가족을 먹여 살렸던 터전을 잃고, 목숨 다해 다녔던 직장을 잃었다. 평범한 일상을 잃고, 다정한 이웃을 잃고, 소중한 가족을 잃었다, 상실로 온 우울, 무기력은 꽤 오래갔다. 3년이 지난 지금 그 이전의 삶과 완전히 똑같진 않지만 서로의 길을 찾아 회복 중이다.

우울, 무기력은 상실에서 온다. 코로나19로 지금까지의 소중한 것들을 잃었듯, 내가 나의 정체성과 인생 방향을 잃었듯, 막내딸이 가장 좋아하는 인형을 잃었듯…. 그 상실의 상처는 잃어버린 것을 되찾거나 그 빈자리가 무엇으로든 채워져야 아문다. 소중한 일상을 되찾은 것처럼, 정체성과 인생 방향을 찾은 것처럼, 좋아하는 인형을 안은 것처럼 말이다. 희망의 채워짐은 동기 부여로 몸과 마음을 가볍게 만든다.

책 《네 안에 잠든 거인을 깨워라》에 나오는 노먼 커즌스의 말이 생각난다.

> "치유를 위해 약이 항상 필요한 건 아니지만 신념은 반드시 필요하다."

4-4.

나의 미션은 내 안에 있다

_ 양윤희

나는 호기심이 많고 배우는 것을 좋아한다. 결혼 전에는 취미 생활 위주로 배웠다. 악기, 그림, 운동 등 배우는 시간 자체가 여가였고 즐거웠다. 결혼하고 나서는 그 어떤 배움도 유지하기 어려웠다. 생각해 보면 결혼 후에도 아이가 태어났더라도 뭐든 한 가지 꾸준히 해 왔으면 지금쯤 그 분야에 전문가가 되지 않았을까 하는 아쉬움이 있다. 출산 후에는 나의 관심이 육아, 자녀 교육, 건강, 재테크 등으로 바뀌었다. 뭐 하나 중요하지 않은 게 없다. 건강해야 하고 아이들도 잘 키워야 하고 노후 준비도 해야 한단다. 이 모든 것이 나에게 주어진 과업으로 여겨졌다.

워킹맘으로 육아, 가사, 직장 일을 하면서도 내게 주어진 과업을 잘 해내야 한다는 마음이 강했다. 책도 읽고, 유튜브도 보고, 온라인 강의도 듣고 가끔은 오프라인 강의도 들어가며 인풋에 열을 올렸다. 새벽 기상까지 도전하며 박차를 가했다.

무언가를 새로 배우려면 시간을 확보해야 했으니 새벽 시간이 가장 좋았다. 그러나 나는 30년이 넘게 올빼미형으로 살았다. 가족 모두 올빼미형인데 새벽 기상을 해 보겠다고 다른 일상에 도전했다. 잠의 질은 떨어졌고, 낮 동안 업무 효율도 떨어졌으며 몸은 더 부었고 머릿속은 멍했다. 과도한 목표 설정은 무기력을 가져왔다. '남들은 잘도 해내는 걸, 애 셋 키우는 워킹맘도 해내는 걸, 나는 하나도 잘하지 못하고 너무한 거 아냐?' 비교 지옥에 빠지며 만족이 없는 일상을 만들어 가고 있었다. 아무것도 하지 말고 가만히 있으라는 내면의 소리가 들린다. 자기 계발서도 읽기 싫고, 유튜브 영상도 보기 싫었다. 그 누구의 이야기도 듣고 싶지 않았다. 한동안 SNS는 멀리했다.

달라져 보겠다고 애쓴 시간을 돌아보니 나의 문제가 보였다. 지금 나에게 가장 중요한 일이 무엇인지 질문하는 일이 빠졌다. 욕심과 조급함은 언제나 일을 그르친다. 여러 가지 성과를 낸 사람들도 한꺼번에 많은 일에 도전하지 않았다. 하나를 잘하게 되면 다른 것에 또 도전하는 방식으로 성장해 나갔다.

음악을 들으면서 공부하면 효율이 떨어진다고 한다. 우리의 뇌는 한 번에 한 가지에 집중할 수 있게 만들어졌다. 멀티플레이라고 하지만 실질적으로 뇌는 두세 가지 일을 동시에 잘할 수는 없다고 한다. 우리 뇌의 성질을 알았어야 했다. 하고 싶은 일이 많은 것은 잘못이 아니나 한 번에 모두 시도한 것은 올바른 방법이 아니었다. 내가 제일 하고 싶은 일, 그 한 가지를 잘하게 되면 또 다른 공부를 시도하고 도전하는 게 맞았다. 세상 사람들이 해야 한다고 말하는 것 말고, 지금 내가 가장 가치 있다고 여기는 것, 꼭 필요하다고 여기는 것에 온 힘을 다해 보는, 그런 경험이 필요했다.

〈행복을 찾아서〉라는 영화를 봤다. 실화를 바탕으로 만든 영화다. 사업에 계속 실패한 아버지가 이혼 후 아들을 혼자 키우면서 갖은 고생을 한다. 아이를 어린이집에 맡겨 두고 부지런히 일을 한다. 살 집이 없었기 때문에 오후에는 아이를 데리고 잘 곳을 찾아다녔다. 보는 내내 힘겨움이 전해졌다. 하루는 노숙인에게 제공되는 잠자리를 얻지 못해 공중화장실에 화장지를 깔고 아들을 재우게 된다. 아버지의 참담함이 그대로 느껴지는 장면이었다. 크리스에게 가장 큰 결핍은 아들과 함께 살 집이 없었던 것이고, 그것을 해결하기 위해서는 돈이 필요했다. 하루 24시간 중 1분도 허투루 쓰지 않는 크리스를 보면서 '치열하게 산다는 것, 노력한다는 것은 저런 거구나.' 싶었다. 나의 작은 노력을 빗댈 수가 없었다. 크리스는 주어진 모든 역할에 최선을 다하고 틈틈이 공부해 펀드매니저 입사 시험에 당당히 1등을 하여 직업을 갖게 된다. 크리스는 아들에게 말한다.

"네가 해내지 못할 거란 말은 절대 믿으면 안 돼."

"누구도 너에게 '넌 할 수 없어'라고 말하게끔 하지 마! 그게 나라도 말이야."

편히 쉴 집도 없이 이리 뛰고 저리 뛰며 일하다가, 혼자 아들까지 돌봐야 하는 크리스가 한 말이어서 더 강렬하게 다가왔다. 어떤 악조건에서도 해내려는 의지가 있으면 할 수 있다는 것을 보여 주었다. 가장 중요한 것은 마음가짐이었다.

자라 오면서 "네가 그걸 어떻게 해? 안 된다. 못 해~ 하지 마." 그런 말을 종종 들었다. 그때마다 보란 듯이 내가 해냈으면 좋았겠지만, '그래, 나는 못 해. 내가 어떻게 해. 못 할 거야.' 하고 순응한 기억이 많다. 왜 그랬을까 싶은데 솔직히 말하면 그쯤에서 내려놓는 것이 편한 거였다. 시도하지 않으니 힘든 일도 없는 거였다. 현실에 안주하는 것. 스스로 한계를 정하는 것. 그런 것들이 은연중에 스며들고 있었다.

하고 못 하고는 나만 아는 것이다. 다른 사람이 평가하고 판단할 일이 아니다. 하고자 하는 일에 한계를 지을 필요는 없다. 원하는 바를 이루기 위해 많이 시도하고 최선을 다해야 후회가 없을 것이다. 다른 사람이 '못 할 거야, 안 될 거야' 하는 말에 휘둘릴 이유가 없다.

코로나 이후 사람들의 SNS 활동이 더욱 활발해졌다. '지금은 이것을 해야 합니다, 하루라도 빨리 시작해야 해요', 갖은 정보의 홍수 속에서 중심을 잡지 않으면 쉽게 무기력해질 수 있다. 그들이 말하는 정보가 잘못됐다는 것이 아니라 나의 필요에 의한 것인지 먼저 따져 봐야 한다. 자기가 원해서 찾는 정보여야지 다른 누군가가 해야 한다는 것을 무턱대고 할 일은 아니라는 것이다. 무엇이든 과하면 부족하니만 못하다고 했다. 나의 미션은 내 안에 있다. 할 수 있다는 생각만 한다.

4-5.

나라도 나를 괴롭히지 말자

_ 윤수정

예비 교사 시절, 교사가 된다면 꼭 해 보고 싶었던 일 두 가지가 있었다. 하나는 재외 교육 기관에서 아이들을 가르쳐 보는 것이었고 또 다른 하나는 예비 교사를 가르치는 교사가 되어 보는 것이었다. 다행히 이 꿈을 모두 이루었다. 2012년 3월부터 2014년 2월까지 2년 동안 중국에 있는 한국국제학교에서 근무했다. 또 2014년 3월부터 2017년 2월까지 3년 동안 예비 교사를 양성하는 교대 부설초에서 실습 지도 교사로 활동했다. 최근에는 대학의 겸임 교수로 예비 초등 교사를 대상으로 학급 경영 강의를 하고 있다. 나는 초등 교사이지만 동료들과는 조금은 다른 길을 걸어가고 있다.

이러한 나의 교사로서의 경험을 토대로 학급 경영을 더 잘하고 싶은 선생님, 교직 생활을 더 가치 있게 만들어 가고 싶은 선생님들을 돕고 싶었다. 한때 멘토가 되어 줄 사람을 찾아 헤매던 적이 있었다. 나에게 꿈과 용기를 주고 또 학급 경영에 대한 고민도 부담 없이 털어놓을 수 있는 그런 멘토! 더 나아가 삶의 다양한 갈림길에서 나에게 진심 어린 조언을 해 줄 그런 멘토가 있다면 얼마나 좋을까 싶었다. 생각만큼 쉽지 않았다. 문득, '그럼 내가 그런 멘토가 되어 볼까?'라는 생각이 들었다. 나처럼 더 성장하고 싶은데 방법을 잘 모르겠고, 열정은 있는데 구체적인 실천이 되지 않는 그런 선생님들을 돕고 싶었다.

그날 이후 나는 내 머릿속 생각에 불과했던 교사 성장학교를 세상 밖으로 끄집어 냈다. 나와 함께할 선생님들을 모집하였다. 다행히 내 강의를 듣고 함께하겠다는 선생님들이 있었다. 학급 경영 강의도 하고 상담도 하며 교사 성장을 돕는 일을 시작하였다. 처음에는 제법 할 만했다. 그런데 점점 시간이 흘러가니 두려움과 걱정이 밀려왔다. 나를 믿고 찾아오는 선생님들을 '어떻게 더 도와야 할까? 혹시 나에게 실망하는 것은 아닐까?' 등 생각이 많아졌다. '나도 내 삶이 무겁고 버거운데 내가 다른 사람에게 희망과 용기를 줄 수 있을까?' 하는 의심도 들었다. 내가 뭐라고 남 앞에 서서 이렇게 살아라, 저렇게 살아라! 한단 말인가! 강의 횟수를 거듭하면 할수록 더 앞으로 나아가고 싶은데 나아가지 못하고 마치 팽이 돌듯 제자리만 맴돌고 있는 것만 같았다.

교사 성장학교에 들어오면 기본적으로 새벽 기상 훈련을 한다. 바쁜 하루 중 새벽 기상을 통해 감사 일기와 긍정 확언을 쓴다.

또 독서와 글쓰기도 꾸준히 이어 간다. 새벽 시간에 교사로서의 삶을 뒤돌아보고, 그 속에서 자기 자신에 대한 성찰을 통해 학급 경영까지 이어 가도록 하는 것이 새벽 기상 프로그램의 취지였다. 교사들의 본보기가 되기 위해 나부터 실천하기로 했다. 새벽 3시 기상을 강행했다. 꾸준히 하다 보니 어느 정도 일정 시간이 되면 몸이 반응하듯 알고 잠이 깼다. 점점 피곤이 몰려왔다. 그날도 어김없이 3시에 눈이 떠졌다. 간단히 세수와 양치를 하고 차 한잔을 마주하려는데 목이 따끔거렸다. 콧물도 흘렀다. 머리를 살짝 짚어 보니 열도 나는 것 같다. 감기 기운이 느껴졌다. 일단 약부터 먹었다. 새벽부터 부스럭거리는 소리에 남편도 잠에서 깼다. 급기야 옆에서 보고 있던 남편이 나에게 한마디 한다. "나이도 생각하면서 적당히 하면 좋겠어. 뭘 얼마나 바꾸겠다고 그렇게 아등바등 살아?" 그래도 꾸역꾸역 참아 가며 그날 해야 할 일들을 해냈다. 감기는 나를 한 달여 괴롭혔다. 몸이 약해지니 마음도 약해졌다. 주말 내내 침대에 누워 있어야 하는 날들이 많아졌다. 새벽 기상도 글쓰기와 독서도 시들해졌다. 선생님들에게는 시간 활용을 위한 새벽 기상과 자기 성찰을 위한 꾸준한 독서와 글쓰기에 대해 떠들어 댔지만 정작 나는 내가 말한 대로 잘 실천하지 못하고 있었다. 이런 내 모습에 화가 났다.

다시금 마음을 다잡아야겠다고 생각했다. 그날은 귀에 이어폰을 끼고 EBS 명강의를 들으며 몇 가지 집안일을 하고 있었다.

《라틴어 수업》의 저자 한동일 교수의 강의였다. 그는 불우했던 어린 시절 매일 싸우는 부모님을 보며 힘들었고, 공부에 집중하고 싶어도 집중할 수 없었다고 했다. 그럴 때마다 자신을 모질게 학대하다시피 하며 자괴감으로 힘든 시간을 보냈다고 한다. 그러던 중 자신은 그럴 수밖에 없는 상황에 놓여 있다는 것을 인정하게 되었고 다음처럼 다짐했다고 한다. '아, 내가 부족해서가 아니라, 내가 못나서가 아니라, 내 마음 안에 그럴 만한 힘든 일이 있기 때문이다. 나라도 나를 괴롭히지 말아야겠다.'

강의를 듣는 내내 그분의 이야기가 내 이야기처럼 들렸다. 그동안 교사 성장학교를 운영하면서 새벽 기상, 독서, 글쓰기 모든 면에서 모범을 보여야 했다. 잘되지 않았다. 그럴수록 나 자신을 자책하고 있었다. 책을 읽어야지 하면서도 진도가 잘 나가지 않고, 매일 글을 써야지 하면서도 일기 쓰기조차도 어려웠다. 그때마다 나 자신을 탓했다. 더 잘해야 하는데 그렇지 못한 내가 한심하게 느껴졌다. 그 누구보다 나 자신에게 혹독한 잣대를 들이대었다.

나에게도 나만의 어려움이 있었다. 오롯이 내 일에 집중할 수 없는 워킹맘으로 시간에 쫓기고 학교 일과 집안일 모두를 잘해내야 한다는 생각. 바로 그것이었다. 그래 '나라도 나를 괴롭히지 말자. 자, 이리 와. 내가 안아 줄게. 힘들었지? 너니까 해냈어. 너는 지금도 잘하고 있고 앞으로도 잘할 거야. 네 삶의 무게를 당당히 이겨 내며 묵묵히 살아가고 있는 너를 칭찬해. 너를 응원해.' 나 스스로 나에게 응원의 메시지를 건넸다.

그러던 어느 날이었다. 교사 성장학교의 한 회기가 끝나 그동안의 생활을 마무리하는 시간이었다. 선생님 한 분이 말씀하셨다. 그동안 나와 함께 학급 경영에 관한 공부와 연구를 하며 많은 변화와 성장이 있었다는 것이다. 자신을 잘 이끌어 준 나에게 무척 감사하다는 말도 전했다. 도움이 되었다니 뛸 듯이 기뻤다. 교사 성장학교를 계속해야 할 이유가 분명해졌다.

누구에게나 삶은 만만한 숙제가 아니다. 우리는 모두 저마다의 고통과 인생의 어려움을 안고 살아간다. 어차피 살아 내기 힘든 것이 삶이라면 삶의 무게를 오롯이 지고 끙끙거리며 힘들게 살아야만 할까? 녹록지 않은 삶을 마주하고 오늘을 살아가고 있다면 그것으로도 충분하다. 오늘을 살아 내는 나 자신을 위해 매일매일 칭찬과 격려를 보내는 것은 어떨까? 나라도 나를 괴롭히지 않는 삶. 나 자신을 내가 응원하고 격려하는 삶을 산다면 이 팍팍한 인생살이 조금이라도 더 즐겁게 더 당당하게 살아갈 수 있지 않겠는가!

4-6.

거대한 상상

_ 이시은

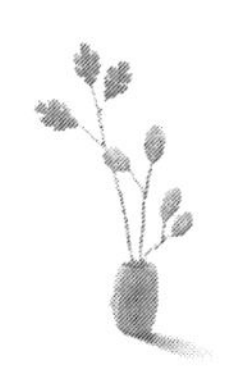

또 아침이다. 아이들을 학교 보내고 서울에서 포천까지 출근하려면 서둘러야 한다. 하지만 좀처럼 몸이 움직이지 않는다. 출근하기 싫다. 직장인들이 이런 심정일까? 아니, 내가 더 할 것 같다. 막말로 직장인이야 회사를 때려치우면 그만이지만 나는 그럴 수 없다. 내 사장님은 아빠니까.

아빠는 섬유 공장을 40년째 운영하고 있다. 지병으로 인해 합병증과 후유증이 왔었는데 최근 더 나빠졌다. 말하거나 생각하는 건 문제없지만 몸이 불편하다. 젓가락질도 못 하고 화장실이 가고 싶어도 재빨리 지퍼를 내릴 수 없다. 게다가 근육까지 빠져 5분도 채 못 걷는다. 장녀로서 아빠 곁에 있어야 하는 건 알지만 공장 일만은 안 하고 싶다. 사람들은 배부른 소리라고 한다. 공장 물려받는 거니 얼마나 좋은 기회냐고 말한다. 난 아니다. 내 인생을 제대로 산 적 없다. 마흔이 넘어서 이제 좀 내 인생을 살아 볼까 했는데 아빠의 건강이 급격하게 나빠졌다. 누가 봐도 공장을 접어야 할 상태이지만 부모님의 생각은 달랐다. 40년간 운영하면서 요즘이 최고 호황이기 때문이다. 바짝 더 벌어 부모님의 여유로운 노후와 공장의 빚을 청산하려 했다. 부모도 부모지만 직원들도 직장을 잃는다. 반평생 아빠와 함께한 사람들이다. 나이도 많고 지병도 있다. 아빠는 직원들이 건강 고려해 몸에 무리가 가는 업무는 일용직 직원을 채용한다. 기구도 이용해 최대한 배려하고 있다. 몸도 성치 않은 직원들이 이곳을 나가면 재취업도 쉽지 않다. 이 모든 걸 알기에 어깨가 무겁다. 내 선택에 여러 사람이 달려 있으니까. 부모님은 이번에도 날 찾았다.

"시은아, 네가 아빠 곁에서 도와야 공장을 유지할 수 있어. 누군가 희생해야지."

언젠가부터 출근하며 무서운 상상을 했다. 고속도로에 가드레일을 보며 '확 박아 버릴까?', 비 오는 날은 '있는 힘껏 밟다가 브레이크를 밟을까?' 하는 생각했다. 뭔가…, 빨리 대책을 마련하지 않으면 내가 많이 아플 것 같았다.

인생을 원하는 대로 선택해서 살 수 있다면 얼마나 좋을까. 부유하고 화목한 집을 선택해서 태어났다면 내 인생이 달라지지 않았을까 하는 생각을 가끔 한다. 그랬다면 당장 눈앞에 돈만을 좇지 않아 망하는 일도 없었을 텐데. 먹고 사느라 바빠 치료 시기를 놓치지 않았을 건데. 남편과 안 싸웠을 거고 아이들도 학업에 더 집중하고 살았을지 모른다. 하지만 이런 환경쯤은 원하지 않은 삶이어도 괜찮다. 당시엔 좀 힘들었지만 결국 이런 상황 덕분에 성장했으니까. 사실 내 인생을 통째로 흔든, 태어난 걸 후회하게 만드는 건 따로 있다. 알라딘의 램프 지니가 내 소원을 묻는다면 말하고 싶다.

"나 장녀로 안 살고 싶어."

고작 두 살 차이 나는 동생은 어린애고 난 어른이었다. 초등학교 4학년부터 엄마를 도와 식물인간이던 할아버지 대소변을 받고, 흡입기로 가래를 빼냈었다. 하루는 미술 학원에 있는데 중환자실에 있던 할머니가 돌아가셨다는 소식을 전해 들었다. 서둘러 집으로 가는데 바짓가랑이가 축축해졌다. 무서웠다. 갑자기 귀신들이 떠올랐기 때문이다. 장례식장에서도 나만 어른 취급이었다. 동생은 어리다고 보지 말라고 했지만, 언니인 나는 돌아가신 할머니를 보라고 했다. 그 어린 나이에 죽은 사람을 처음 봤다. 할머니의 장례를 치르고 얼마나 지났을까. 내게 동생과 할아버지를 맡기고 부모님이 잠시 외출했다. 그사이 할아버지도 돌아가셨다. 할머니와는 비교도 안 될, 무서운 모습으로 세상을 떠났다. 동생은 어리니까 보면 안 된다. 돌아가신 할아버지 옆 장롱에서 이불을 꺼내 거실에 있는 동생에게 덮어 줬다.

"상은아, 이불 밖으로 나오면 안 돼."

중학생이 됐을 때는 엄마가 안 계셔서 집안일을 도맡아 했고, 성인이 돼서도 마찬가지다. 갑자기 사업이 힘들어진 아빠를 대신해 친정을 책임져야 했다. 부인과 수술로 9년간 운영하던 커피

숍을 양도했다. 수술 후 건강만 회복하면 내 인생을 살리라 마음 먹었건만 이번에는 아빠 곁에서 공장일을 도우라고 한다. 불혹도 넘긴 나에게. 곧 쉰 살이 될 테고. 그럼 이제 내 인생은 없는 거다.

'길을 바꿀 수는 없지만 걸음은 내가 정할 수 있다'

―《다산의 마지막 질문》 p.94

내겐 꿈이 있다. 당뇨와 관련해서 하고 싶은 게 제법 많다. 하지만 공장에 묶여 꼼짝 못 하는 그런 상황이다. 지금도 처한 상황을 바꿀 수 없다. 하지만 걸음은 정할 수 있었다.

지금까지는 내 꿈과 공장과 연관시킨 적 없었다. 이 안에서 뭔가 찾으면 되는 것을 그저 창문 밖만 바라보고 있었다. 가치가 있는 일이든 하고 싶은 일이든 재밌는 일이든 뭐든 좋다. 가슴 뛰는 일을 하고 싶다. 내가 아빠의 곁을 떠날 수 없다면, 아니 아빠가 공장을 운영할 때까지라도 곁에서 도와야 한다면 당뇨와 공장을 연관시킬 수 있는 방법을 찾아야 했다. 그러면 출근이 가벼울 거다. 숨 쉴 수 있을 테다.

'당뇨와 공장' 노트에 이 두 단어와 관련된 것들을 마구 적었다. 아무리 적어 보아도 둘이 연관되는 게 없었다. 답이 나오지 않으니 답답할 만도 했을 터인데 무슨 바람이 불어서인지 생기가 넘쳤다. 상상만으로도 즐거웠나 보다. 설거지할 때도, 된장찌개를 끓이면서도 생각했다. 머리로는 생각을 몸은 기계처럼 움직였다. 머릿속은 온통 당뇨와 공장으로 가득 찼다. 다음날 또 다음날에도 생각을 멈추지 않았다.

'과연 무엇으로 연관 지을 수 있는가.'

그렇게 며칠이나 지났을까? 출근길 고속도로를 올라타고 요금소를 지날 때였다. 뭔가 번뜩했다. 드디어 떠올랐다! 잊으면 안 된다. 당장 기록해야 한다. 핸들에 있는 통화 버튼을 눌렀다.

"여보! 나 하고 싶은 게 생겼어. 지금부터 내가 하는 말 받아 적어 줘!"

길은 내가 만들면 된다. 잘못된 안내로 엉뚱한 길로 들어설 수 있다. 돌무지나 황무지를 만나기도 한다. 길이라고 볼 수 없는 이 땅을 어떻게 걸어야 할지 막막하다. 돌부리에 물집투성이 발이 될지도, 끝도 안 보이는 황무지에 길을 잃을지도 모른다. 주저앉아 안내한 사람을 원망할 테다. 하지만 이미 벌어진 일인 걸 어쩌겠나. 원망보다는 헤쳐 나갈 생각을 해야 한다.

돌을 하나씩 치우며 앞으로 나아가면 된다. 앞으로 나아가기보다 돌아가기를 선택했다면 헨젤과 그레텔에 헨젤처럼 조약돌을 뿌려 돌아갈 길도 만들어 본다. 사람이 다니지 못할 길로는 안 보였던 땅이 제법 그럴싸할 길이 될지 모른다. 결국 중요한 건 내가 처한 상황을 탓하며 주저앉기보다는 헤쳐 나갈 마음을 갖는 거다. 이것이 앞으로 만날 험난한 길을 극복할 방법이지 않을까.

오늘도 출근을 위해 구리 포천 고속도로에 진입했다. 이 길을 지날 때마다 상상한다. 내가 만든 제품이 세계로 퍼져나가는 거대한 상상이다. 슬쩍 백미러를 보았다. 거울 속에는 히죽거리는 내 모습이 보였다.

4-7.

그렇고 그런 날 마음 다잡기

_ 이정윤

소파는 몸을, 무기력은 정신을 삼킬 것 같았다.

새벽 4시 55분에 기상했다. 기상 시간을 6시에서 5시로 당긴 지 68일째 날이었다. 다른 날보다 유독 몸이 무거웠다. 겨우 몸을 일으켰다. 침대에 걸터앉아 고개를 떨궜다. 알람이 다시 울린다. 5분 지났다고 알리는 알람이다. 5시 화상 수업에 참석해야 한다. 눈도 제대로 뜨지 못한 채 서재로 걸어갔다. 때는 3월, 아직 집안이 깜깜하다.

이날은 대통령 선거 날이었다. 화상 수업이 끝나고 방에서 나오니 투표소에 다녀온 신랑이 현관문을 열고 들어온다. 일부러 사람이 적을 때 다녀온다고 이른 새벽 투표소에 방문한 신랑은 사람이 많았다고 투덜거렸다. 힘도 없고 만사가 귀찮은 나는 늦장을 부리다 점심을 먹고 투표소에 갔다. 예상과 달리 1분도 기다리지 않고 투표를 끝냈다. 평상시라며 운이 좋다고 신나 했을 텐데

감흥이 없었다. 며칠째 이런 상태였다. 기운이 없었다. 백신 후유증으로 여겼는데 나아지지 않았다.

집에 돌아와 소파에 누워 거실을 바라봤다. 다 마른 옷은 빨래 건조대에 그대로 걸려 있고 주변에는 장난감이 널려 있었다. 종이접기와 가위질에 빠진 아이들의 흔적이 여기저기 보였다. 종이 쪼가리를 치울 생각을 하니 한숨부터 나왔다. 답답했다. 이 와중에 아이들은 누워 있는 나에게 와서 엄마가 좋다며 뽀뽀하고 간다. 부엌 쪽을 바라봤다. 식탁 위에는 점심 먹은 흔적이 그대로 남아 있다. 이 집은 어지럽히는 사람만 있고 치우는 사람은 없는 건가 싶은 생각에 머리가 아팠다.

무기력은 우울함과 단짝이라 벗어나려 하지 않으면 기분도 빼앗아 버린다. 처방이 필요하다. 나를 일으켜 세워 주는 말. 바로 '감사합니다'. 소파에서 일어나 바닥에 떨어진 장난감을 피해 서재로 들어갔다. 책꽂이에 꽂혀 있는 노트를 꺼내 펜을 들고 써 내려 가기 시작했다.

휴일에도 내가 정한 시간에 일어나서 해야 할 일을 끝낼 수 있어 감사합니다.

이른 새벽 아이들이 깨지 않아 강의도 듣고, 책도 읽고, 할 일을 할 수 있어 감사합니다.

냉장고만 열어도 먹을 것이 풍족하게 있어 감사합니다.

코로나로 세상이 시끄러운 상황에 우리 가족이 건강함에 감사합니다.

사랑한다고, 좋아한다고 아낌없이 재잘거려 주는 애정 많은 아이들이 있어 감사합니다.

기다리지 않고 투표할 수 있어 감사합니다. 나의 소중한 한 표를 낼 수 있어 감사합니다.

감사 일기를 쓸 수 있는 나만의 공간이 있어 감사합니다.

감사한 일을 떠올렸다. 시간에 흐름에 따라 의식이 가는 대로 떠올렸다. 그리고 감사한 점을 찾았다. 그대로 노트에 옮겨 적었다. 문장 뒤에는 꼭 '감사합니다'를 붙인다. 소리 내어 중얼거려 본다. 내가 이렇게 하는 데는 이유가 있다. '감사합니다'라는 말에는 세 가지 힘이 있기 때문이다.

첫 번째, 기분이 좋아진다.

이른 새벽 더 자고 싶은 마음이 굴뚝같았지만 일어난 나를 떠올려 본다. 게다가 수업까지 들었다. 오늘도 '해냈구나'라는 성취감을 느낀다. 어깨가 올라간다. 뿌듯함에 기분까지 좋다. 집중을 잘했다면 그것 때문에 또 기분이 좋다. 스스로 칭찬해 준다. 작고 사소한 일에도 감사함을 찾는다. 그러다 보면 익숙함 속에 잊고 있던 소중함을 찾게 된다. 이뿐만 아니라 누군가에게 '감사합니다'라는 말을 들으면 기분이 좋아진다. 반대로 내가 '감사합니다'

라고 인사해도 기분이 좋아진다. 고마웠던 일, 기뻤던 일을 떠올리다 보면 마음이 따뜻해지는 것을 느낄 수 있다.

두 번째, 마음이 가벼워진다.

좋은 생각, 행복한 생각을 의도적으로 하다 보면 부정적인 생각과 감정이 줄어든다. 한 번에 두 가지 생각을 할 수 없다. 부정적인 생각은 우울한 감정을 키울 뿐이다. 힘이 없다고 누워만 있고, 어지럽혀진 집을 보고 한숨만 쉰다면 달라지는 것은 없다. 시간이 지나 달라지는 게 있다면 더 어지럽혀진 집일 것이다. 감사했던 일을 떠올리다 보면 실제 있었던 일과 감정만 살피게 된다. 그러다 보면 잡념이 없어진다. 잡념이 없어지면 마음도 생각도 가벼워진다.

세 번째, 힘이 생긴다.

'감사합니다'라는 말을 자주 하면 긍정적인 생각을 많이 하게 된다. 해냈구나, 할 수 있구나, 복이 많구나, 해결했구나, 잘 풀리는구나, 운이 좋구나. 이런 말이 연상된다. 긍정적인 태도에 의욕이 생긴다. 뇌과학적으로도 감사함을 느낄 때 우리 뇌는 공감, 사랑 같은 긍정적 감정을 느끼는 좌측 전전두피질이 활성화된다. 긍정적인 생각은 우리를 움직이게 한다.

힘이 없고 지치는 날 나에게 힘을 줄 수 있는 말 하나 정도는 가슴에 두고 살았으면 좋겠다. 살다 보면 기분이 좋은 날도 있고 그렇지 않은 날도 있다. 뭐든지 할 수 있을 것 같이 의욕이 넘치는 날도 있고 손가락 하나 움직이는 것이 힘든 날도 있다. 무기력하다고 가만히 있어야 할까? 오늘은 지나가면 다시 돌아오지 않는다. 시간은 그만큼 소중하다. 시간을 허투루 보내지 않으려면 나를 일으켜 세울 한마디가 필요하다. 하루를 살아 내는 것은 남이 대신해 주지 않는다. 의미 있는 하루로 만들려면 내가 노력해야 한다. '말이 입힌 상처는 칼이 입힌 상처보다 깊다'라는 모로코 속담이 있다. 그만큼 말이 가지는 힘이 세다는 의미다. 나에게 '감사합니다'라는 말은 지친 하루를 심폐 소생하는 힘이 있다.

> "감사하는 태도는 감사할 일을 더 많이 불러온다. 감사하는 마음이 부족하거나 불평만 하면 기뻐할 일이 별로 생기지 않는다."
>
> — 루이스 헤이

내가 좋아하는 말이다. 기쁜 일이 생겨 감사한 것이 아니라 감사해서 기쁜 일이 생기는 것이다.

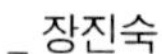

눈부신 오늘을 살기

_ 장진숙

고등학생 때 스무 살이 되면 살을 빼고 싶은 사람은 바로 살을 뺄 수 있고, 담배를 피우는 사람은 바로 금연을 하는 것과 같이 '뿅' 하고는 변할 수 있다고 생각했다. 성인이 되는 2000년이 빨리 오길 기다렸다. 1999년 12월 31일은 종일 떨리는 마음으로 보냈다. 1999년은 컴퓨터가 2000년 이후의 연도를 제대로 인식하지 못해 컴퓨터를 사용하는 모든 일이 마비된다는 Y2K라는 말로 혼란스러웠다. 어떤 변화가 있을까 긴장했는데 2000년 1월 1일 0분은 내가 느끼기에 그 전날과 달라진 것이 하나도 없었다. 그냥 어제와 같은 계속된 일상의 하루가 새해였다.

2013년 1월 1일 직장 동료 2명과 행주산성에서 새해 일출을 보기로 했다. 새벽 5시 30분, 보건소에서 만나 행주산성 근처 주차장에 차를 세우고 산을 올랐다. 좋은 자리는 일찍 온 사람들 차지라 일출 보기 좋은 자리를 찾아 여기저기 헤맸다. 비스듬한 산기

슭에서 뜨는 새해 첫 일출을 봤다. 산까지 올라왔으니 눈앞에 쟁반처럼 큰 태양을 볼 수 있을 줄 알았는데 내 엄지손톱만 했다. 출근길 백마교에서 본 손바닥만 한 태양보다 작아 '에게, 왜 저렇게 작아'라는 말만 나왔다. 새해 첫날의 일출이 평소 볼 수 있는 일출보다 더 크고 특별한 것은 아니다. 무엇이든 마음먹기에 달렸다. 나같이 결심과 작심삼일을 반복하는 사람에게는 새해의 첫 일출보다는 실패한 계획을 매일 새로 다시 세울 수 있는 일상의 일출이 소중하다는 생각이 들었다.

인간의 삶을 단순한 '기다림'으로 정의한 프랑스 사무엘 베케트의 희곡《고도를 기다리며》의 주인공처럼 나는 고도를 기다리는 사람이었다. 항상 미래를 대비해서 준비하고 오늘의 희생은 미래를 위한 당연한 선택이라고 생각했다. 앞으로 다가올 나의 미래를 위한다는 말이 항상 모든 것에 최선을 다하게 했고 내가 가진 에너지를 초과해서 무언가를 하게 했다. 그런 하루를 보내고 집에 오면 나의 배터리가 방전되어 팔을 움직일 수도 없는 재활용품 센터의 로봇 같았다. 누워서 천장을 바라보며 현재의 방전된 상태가 모든 일상을 지배할까 봐, 남들보다 뒤처질까 봐 항상 불안하고 초조했었다.

경기 중인 경주마처럼 급하게 앞만 보며 일하는 나의 습관에 모든 것을 즉시 결정하고 처리해야 하는 코로나19 재택 치료 업무가 기름이 되어 번아웃증후군까지 왔다. 늘어진 고무줄처럼 탄력이 돌아올 수 없는 상태, 그때의 내가 딱 그랬다. 세상이 원망스럽고 '왜 내게 이런 고통의 시간이 왔나? 나는 열심히 살았는데 너무 억울하다.'라는 생각에 화가 났다. 모든 것이 부질없는 것 같아 자포자기로 나의 시간은 멈춰 버렸다. 더 이상 미래를 생각할 여유는 없었고 멈춘 시계가 움직일 방법을 찾아야 했다. 그러다 찾은 방법이 바깥 공기를 쐬고 집을 치우는 것이었다. 아침에 일어나 창문을 열고 이불을 정리하고 집 밖에 쓰레기를 버리고 오는 것을 하루 목표로 정했다. 이불이 차분히 정리되고 집에 있던 쓰레기를 버리면 나의 마음의 책장에서 원망이 하나씩 정리가 되는 것 같았다.

일상에 충실한 하루들이 쌓이자 비로소 내가 놓치고 있는 일상이 보였다. 많은 동기 부여 영상이나 책을 볼 때, 명상할 때 나의 마음 깊숙이 와닿지 않았던 '지금 그리고 여기'의 중요성을 드라마 〈눈이 부시게〉로 TV 부문 대상을 받은 김혜자 배우의 백상예술대상 수상 소감에서 이해할 수 있었다.

> "대단하지 않은 하루가 지나고 또 별거 아닌 하루가 온다 해도 인생은 살 가치가 있습니다.
> 후회만 가득한 과거와 불안하기만 한 미래 때문에 지금을 망치지 마세요.
> 오늘을 살아가세요, 눈이 부시게. 당신은 그럴 자격이 있습니다."

더 이상 과거로 자책하지도, 미래에 대해 불안해하지도 말라고.

아침에 일어나 이불을 정리하고 쓰레기 하나를 버리는 대단하지도 특별하지 않은 당신의 하루도 미래의 당신에게는 눈이 부시게 아름다운 순간이라고 내게 이야기하는 것 같았다.

다가올 미래가 때때로 두려워질 때마다 나는 김혜자 배우의 드라마 〈눈이 부시게〉 백상예술대상 수상 소감을 듣곤 한다. 그녀는 자꾸 잊어버려서 찢어온 대본과 꽃다발을 들고 드라마의 마지막 내레이션을 낭송했다. 누군가에게는 가장 중요할지 모를 트로피는 바닥에 두고 꽃다발과 대본을 들고 이야기하는 모습은 그녀가 드라마처럼 아름다운 오늘을 살아가는 사람으로 보였다. '오늘을 살아가세요.'라는 말에는 진정성이 더해졌고, 오늘을 쉽게 지나쳐 버린 내가 서러워 눈물이 났다. 오늘을 살아가는 그녀를 보면서 나도 모르게 다가왔던 미래에 대한 불안감이 가셨다.

나는 매일 '나는 행복한 사람이다. 나는 풍요롭다. 까짓것 못할게 뭐야! 나는 참 운이 좋은 사람이다.'라는 현재의 나를 알아차리는 확언과 세 번의 심호흡으로 내가 있는 지금 그리고 여기를 알아차리고 오늘을 살아가는 훈련을 하고 있다.

아침 출근길 버스를 향해 겨드랑이에 땀이 나게 달렸지만 10미터 앞에서 버스가 떠나도 이제는 떠나 버린 버스에 대한 원망이 아닌 다음 버스가 오는 십 분의 시간을 즐기고 있다. 눈을 감고 가만히 주위의 공기를 느끼고 소리를 듣는다. 자동차가 이동하는 소리가 들렸다. 내가 살아 있음을 느낀다. 지금 나는 이제 현재를 살아가는 사람이 된 것이다. 현재에 나로서 살아갈 수 있음에 감사한다.

'뱁새가 황새를 따라가면 다리가 찢어진다.'라는 속담은 힘에 겨운 일을 억지로 하면 도리어 해만 입는다는 말이다. 무리해서 미래만 보고 살아가면 정작 중요한 오늘의 행복을 잃을 수 있다고 말한다. 우선 뱁새는 날아다녀서 황새를 쫓다 가랑이가 찢어질 일은 없으니 안심해도 된다. 그렇다면 뱁새가 황새를 따라갈 방법은 없을까? 방법이 있다. 드라마 〈낭만닥터 김사부 시즌 3〉에서 배문정 선생이 후배 서우진 선생에게 그 방법을 알려 준다.

> "뱁새가 황새를 따라갈 수 있는 방법이 딱 하나 있어! 황새하고 같은 방향을 바라보면 돼. 황새걸음에 주눅 들지 않고 자기 걸음을 가다 보면 비록 속도는 늦을지 모르지만 결국 같은 곳에 도달하게 될 거야!"

우리는 자신이 닮고 싶은 사람, 자신만의 황새를 잘 선택해서 황새가 가는 방향을 잘 기억하고 하루를 즐겁고 충실하게 살면 된다. 그렇게 황새가 간 방향으로 계속 가면 황새와 만날 수 있다. 이때 뱁새가 보내는 하루가 황새를 향해 가는 방향이 맞는지 확인하는 것도 잊지 말아야 한다. 황새의 방향을 확인하는 일상이 계속된다면 뱁새는 매일 황새와 더 가까워지듯 우리도 눈부신 오늘을 충실히 살아간다면 아름다운 미래가 기다리고 있지 않을까?

4-9.

행동이 기분을 일으킨다

_ 정유나

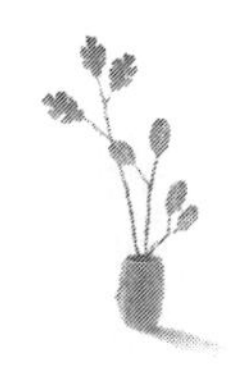

'아메리카노~ 좋아~ 좋아~ 좋아~♬' 얼마나 좋으면 노래로 만들어 흥얼거릴까. 아메리카노 마시지 않던 사람도 이 노래 들으면 기분에 취해서라도 커피 한잔 손에 들 것 같다. 커피. 나는 잘 마시지 않는다. 향은 연신 코를 들이댈 만큼 좋아하는데도 말이다. 커피 한잔 앞에 두고, 이야기든 일이든 무언가에 열중하는 일은 집중도 되고 신나는데 몸에서는 잘 받아 주지 않는다. 커피를 마신 어떤 날에는 속이 아프거나 잠에서 자주 깨곤 했다. 그런 날은 후회가 밀려왔다. 괜히 마셨나 봐.

하루, 이틀, 사흘, 나흘…. 그런 내가 커피를 연달아 마셨다. 책 읽고 글 쓰고 이웃과 이야기하면서, 잘금잘금 아껴 가며 입 안으로 흘려 넣는 게 그렇게 맛깔날 수 없었다. 지금은 수녀님이 된, 젊은 날 성당에서 만난 안나 언니는 인생이 달아 커피가 쓰다고 했는데 인생이 얼마나 달콤했기에 그런 표현을 썼을까. 새삼 생각났다.

어쨌든, 커피를 마신 며칠은 평소보다 의욕이 솟았다. 늦게 잠자리에 들고도 아침에 일어나 운동하고, 장 보고, 출근도 했다. 오후에는 딸 친구도 초대하고, 옷장 정리며 냉장고 비우기 등 그동안 손닿지 않았던 집안일도 척척 해냈다. 글쓰기 수업도 듣고 또다시 늦게까지 책을 펼쳤다. 하루가 꽤 알차고 '오늘'을 잘살고 있는 것 같아서 뿌듯하기까지 했다. 한데 하루만 살 것도 아닌데 무리했다. 온 힘 다해 오늘을 사는 누군가에게는 일상이겠지만, 카페인에 기댄 채 지낸 요 며칠은 온전한 내 역량이 아니었다. 마라톤으로 치면 오버 페이스 했다.

속이 좋지도 않았고 커피에 의존한다는 생각이 들자 더는 마실 수 없었다. 카페인 복용을 중단했다. 능력을 발휘하는 약 마냥 쥐고 있었으니 복용이 맞다. 몸은 무겁고 힘도 의욕도 사라졌다. 할 일은 손에 잡히지 않고 머리도 멈춘 것 같다. 모니터 화면에 시선을 두고도 멍 때리는 시간이 길어지고, 하던 일은 좀처럼 진도가 나지 않았다. 활력 있던 어제의 나를 소환하고 싶었지만, 몸이 따라 주지 않았다. 딸이 친구를 초대하겠다는 얘기에도 오늘은 안 될 것 같다는 말로 미뤘다. 저녁 준비도 하기 싫었다. 이런 나, 좀 별로다. 어떤 일이든 오버 페이스보다 내 역량으로 꾸준히 지속하는 게 맞나 보다.

커피와 멀어져야 할 타이밍. 커피를 대신할 무언가 있으면 좋겠다. 어이없게도 잠시 콜라가 떠올랐지만, 고개를 저었다. 대신 책장 앞으로 갔다. 이 책 저 책 꺼내 들고 밑줄 친 흔적을 따라 눈을 굴렸지만, 썩 와닿는 내용은 없었다. 그러다가 작년 초 한 해를 시작하며 읽었던 책이 떠올랐다. 읽기 시작한 순간부터 한 문장 한 문장 아껴서 읽었던 기억이 난다.

> 심리학자 제롬 브루너는 "기분이 행동을 일으키는 게 아니라 행동이 기분을 일으키는 것"이라고 말했다. 행동하자! 무엇이든 해야 할 일이 있으면 '지금 당장' 하자.
>
> —《사람은 무엇으로 성장하는가》, 존 맥스웰

선명하게 형광펜으로 그은 문장이 눈에 들어왔다. 제롬 브루너가 나를 두고 말을 건네는 것 같았다. 지금 어떤 행동이든 해 보라고, 몸을 좀 움직이라고 말이다. 모자를 눌러 쓰고 운동화 끈을 조여 맸다.

일단 밖으로 나서니 제법 초록 잎으로 무성해진 나무도 눈에 들어오고, 군데군데 클로버 더미도 보였다. 딸과 함께 와서 네 잎 클로버를 찾아보고 싶었다. 길에는 이야기 나누며 같이 걷는 사람, 헤드셋을 끼고 홀로 걷는 사람, 티셔츠가 흠뻑 젖도록 달리는 사람도 보였다. 땀 내고 씻으면 진짜 개운한데, 나도 내일부턴 뛰어 볼까? 숨통이 트이는 것 같았다. 잠이 달아났다. 몸을 움직이니 정신도 살아나는 것 같다. 역시, 산책은 실패한 적 없다. 나오길 잘했다는 생각이 들었다. 몸속에서는 활기를 주는 에너지가 다시 충전된 듯하다. 제롬 브루너의 말이 맞았다. 기분이 행동을 일으키기보다 행동이 기분을 일으킨다는 사실.

몇 해 전, 외할머니가 돌아가셨다. 딸네에서 지내던 중 대상포진 진단을 받으셨는데, 입원하여 치료하는 중에 건강 상태가 급속도로 나빠지신 것이다. 여든여덟, 연세도 있으셨고 기력도 약하셨다지만 그렇게 생각지도 못한 때에 엄마는, 엄마를 떠나보냈다.

"엄마, 집이세요? 뭐 하세요?"

"아니, 밖이야. 미사 보고 집에 가려는데 차 한잔하고 가라네."

엄마가 걱정되어 전화하면 사람들과 함께 있는 경우가 종종 있었다. 리디아, 집에 있지 말고 나와라. 바람 쐬러 가자. 같이 밥 먹자. 하면서 이웃들은 엄마를 그냥 두지 않았다. 심란하고 울적할 땐 나와서 좀 움직여야 한다고 말하며 밖으로 이끌어 주는 이웃이 옆에 있어 다행이었다.

그러고 보니 행동이 기분 전환에만 도움을 주는 건 아닌 것 같다. 몸에도 좋은 영향을 주었다.

몇 해 전 허리 통증으로 병원을 찾은 적 있다. 엑스레이를 보던 의사는 척추 4번과 5번이 가깝다고 말했지만, 원인은 근육통이었다. 실비보험 처리도 된다고 하여 도수 치료를 여러 번 받았다. 이왕 하는 거 경험 많은 물리 치료사를 만나고 싶어서 같은 업계에 종사하는 지인을 통해 추천받았는데, 추천받은 분이 집필한 몸과 관련된 책이 병원 로비에 비치되어 있기에 읽어 보았다. 자신의 책을 누군가 읽고 있어 반가운 마음이 들었는지도 모르겠다. 치료사는 목소리 톤을 높이고 어떻게 이 책을 집어 들었는지, 재미는 있는지, 궁금한 건 없는지 묻기도 하고, 책에 담은 이야기를 자세히 설명하며 치료를 이어 갔다. 몸 이곳저곳 굽히고 펼치고 누르고 하더니, 나더러 마른 장작 같단다. 그러면서 조언을 덧붙였다. "춤도 추고 산에도 가고 열심히 놀러 다니세요. 자꾸 움직여야 해요."

때로는 다 놓아두고 쉬는 것도 필요하겠지만, 도리어 몸을 더 움직여서 자신을 돌보는 것도 중요하다는 사실. 춤도 추고 산에도 가고 열심히 놀러 다니라니, 그게 치료법이라면 얼마든지 할 수 있을 것 같았다.

몸을 잘 살펴야 할 시기인가. 며칠 전 남편에게도 비슷한 일이 있었다. 오전에 테니스 하러 나갔던 남편이 엉거주춤하며 현관으로 들어서는 것이 아닌가. 어디 다친 거냐 물었더니 공을 줍다 일어나는데 허리를 삐끗한 것 같단다. 말이 삐끗이지, 숙이고 걷고 움직이는 일들이 얼마나 불편한지 알았다. 그냥 두면 회복하는데 오래 걸릴 것 같아 병원에 다녀오자 했다. 공휴일 저녁이라 진료 가능한 병원이 있을까 조바심 났는데 다행히도 24시간 진료하는 곳을 찾아 다녀올 수 있었다. 주사 맞고 약 먹고, 온찜질도 하며 하루 이틀 보냈더니 좀 나아진 모양이다. 퇴근이 늦어지나 싶던 차에 남편이 집으로 들어서며 말했다. "선배들이 계속 움직여야 한다네. 테니스 한 게임 하고 왔어." 아무것도 못 하는 것보다 조금씩이라도 움직이는 것이 훨씬 마음 놓였다. 움직임은 무기력해진 마음 덩이에도, 경직된 몸뚱어리에도 활력을 주나 보다.

행동이 기분을 일으킨다. 무기력하고 힘 빠지고 피로가 쌓일 때 카페인에 의존했다. 속은 쓰리고 피로는 가시지 않았다. 몸을 움직이고 행동을 취했을 땐 몸과 마음에 활기가 찾아오고 개운했다. 거창한 행동이 아니었다. 산책하거나 땀을 좀 흘리는 것, 밖으로 나가 사람을 만나는 일만으로 기분이 전환되었다. 힘을 내고 싶을 때 음악도 듣고 달달한 요깃거리도 찾아봤지만, 운동화를 신고 나가는 것만큼 좋은 걸 아직 찾지 못했다. 《파리에서 도시락을 파는 여자》, 《웰씽킹》의 저자 켈리 최 역시도 사업 실패로 큰 빚을 지고 극심한 슬럼프에 빠졌을 때, 이를 극복하기 위해 가장 먼저 한 일은 무작정 3~4시간 정도 걷기였다고 했다. 행동, 무기력한 마음을 일으키는 가장 확실한 방법이다.

4-10.

내 마음 들어 주기

_ 차휘진

고등학교 1학년 겨울. 새 코트를 입고 학교에 갔다. 남색과 보라색이 섞인 벨 라인으로 퍼지는 여성스러운 코트였다. 처음 입고 간 그날 이후로 거의 10년간 그 코트는 장롱 밖으로 나오지 못했다. 같은 반 친구들이, 친하건 친하지 않건 너 나 할 것 없이 그 코트는 나에게 어울리지 않는다고 말했다. 패션에 관심이 많다던 어떤 친구는 그 코트가 왜 나에게 어울리지 않는지 조목조목 따지듯 설명했다. 새 코트를 입어 설렜던 마음은 처참했다. 그 후로 비슷한 경험들이 쌓여서 타인의 눈에 이상하게 보일 만 한 건 뭐든 쳐내거나 숨겼다. 하고 싶거나, 가지고 싶거나, 눈에 들어와도 스스로 단칼에 잘라 버렸다. 튀지 않으려고 노력했다. 그게 잘하는 건 줄 알았다. 존중받기를 바랐지만, 내가 나를 존중하지 못했다. 그런 어른이 됐다.

숨 가쁜 하루들, 크고 작은 할 일들에 매여 있던 시기. 해야 할 일들을 머릿속으로 잘 알고 있지만 하고 싶지는 않았다. 그때 동생이 추천해 준 만화책에 나에게 꼭 필요한 말이 있었다. “너의 욕구는 뭐야?” 니시 오사무 작가의《악마에 입문했습니다 이루마 군》은 인간 소년 이루마가 악마의 손자가 되어 악마 학교에서 악마 친구들과 학교생활을 하면서 이야기가 진행된다. 거절할 줄을 모르고, 자신의 마음이 아닌 다른 사람의 욕구에 맞추며 살아왔던 주인공 소년에게 같은 맥락의 질문이 거듭 찾아온다. ‘너의 욕구는 뭐야?’, ‘네 욕망이 뭐야?’, ‘네가 원하는 게 뭐야?’ 무엇을 바라는지. 남에게 꺼내도 괜찮은 포장된 답이 아니라, 저 아래 숨겨진 깊은 본심을 찾도록 질문한다. 얄팍하고 타인을 의식한 욕구보다 더 아래에 있는 것. 타인의 눈치를 많이 보던 나에게는 이 질문이 충격적이었다. 내가 무엇을 원하는지는 살펴보지도 않았고, 살펴서도 안 되는 것이었다.

질문을 받은 것은 주인공 소년이지만, 나도 같은 질문을 받는 느낌이었다. 상황, 눈치, 환경, 재능 없음, 자신감 없음 등으로 스스로 포기시켰던 크고 작은 것들이 떠오른다. 입 밖으로 꺼내지도 못한 바람들. 욕망을 꺾고 마음의 소리를 들어 주지 않아서, 점점 무기력해졌구나. 원하는 게 뭔지도 모르고, 표현할 줄도 모르는 아무것도 아닌 나만 남아 있었다.

욕구가 무엇인지 묻는 이 질문은 책을 읽지 않는 동안에도 때때로 나에게 찾아왔다. 단번에 답이 나오지는 않았다. 많은 도움과 함께 오랜 시간 마음의 문을 두드렸다. 답을 간신히 찾아냈다고 생각했지만 왜 그런지 힌트도 생각나지 않는 게 대부분이었다. 질문의 산을 넘고 또 넘었다. 그 과정이 쉽지 않지만 싫지 않았다.

이십 대 후반으로 가면서 원하는 것을 어느 정도 곧잘 말하고 표현할 수 있게 되었다. 그러나 그것도 내면에서 수많은 검열을 통해서 남이 봤을 때 괜찮은 것만 밖으로 꺼냈다. 표현의 검열에 통과하지 못한 것들은 마음속에 가지고 있는 것도 허락하지를 않았다. 그런데 이 질문을 만날 때마다는 그런 것들이 조금씩 허물어지는 느낌이다. 단순한 이상이나 꿈이 아닌 야망, 욕망, 욕구를 물어보면 숨어 있던 부끄러운 본심이 고개를 들 때가 있다. 억눌렀던 욕심들을 꺼내 보려니 그렇게 부끄럽고 민망하다.

2007년 스튜디오 지브리에서 나온 영화 〈귀를 기울이면〉은 내 인생 영화다. 콘도 요시후미 감독의 작품인데, 대학교 여름방학에 동생과 갔던 현대카드의 지브리 레이아웃 전에서 처음 알게 됐다. 존재도 모르고 있다가 레이아웃의 그림과 포스터가 눈에 들어왔다. 내용도 아무것도 모르지만, 뭔가 봐야 할 것 같은 느낌이 들었다. 시놉시스를 보지도 않고 DVD를 구매해서 돌아왔다. 중학생 문학소녀 주인공이 자신의 마음에 귀를 기울이게 되고, 소설을 쓰고 싶다는 꿈에 매진하게 되는 이야기다. 여름밤 처음 이 영화를 본 그날을 잊을 수가 없다. 그 후로 몇 번을 다시 봤는지. 이제는 한 장면만 봐도 다음 장면과 어떤 대사가 나오는지. 이 대사가 왜 필요한지. 주인공의 마음 변화에 맞춰 달라지는 옷 색깔의 의미. 이런 것들이 보인다. 주인공 소녀가 자신의 마음에 귀를 기울이고 행동해 나가는 모습을 계속해서 봐도, 또 보고 싶던 건 나도 그렇게 하고 싶어서였다.

이제 알겠다. 너의 욕구가 뭐냐고 물어보는 만화 속 대사가 마음에 꽂혀서 마음이 불탔던 이유. 자신의 마음에 귀를 기울이는 영화 속 주인공의 이야기가 마음에 남아서 에너지가 솟아올랐던 이유. 사실 내 마음속 저 아래에 있는 이야기에 귀를 기울이고 싶었구나. 부끄럽고 민망하더라도 내 본심에 발언권을 주고 싶었구나. 그게 안 되어서 무기력해지고, 용기가 안 나고, 꾸역꾸역 버틸 수밖에 없었구나. 나에게 미안하다.

외부로부터 들어온 말을 내 안에서 어떻게 필터링하고 받아들이는지, 어떻게 반응하는지. 그리고 나는 나에게 어떤 말을 허락하는지. 외부에서 들려오는 말도 중요하지만, 스스로 어떤 말을 하는지도 무시할 수 없다. 이제는 나의 욕구를 물어보고, 마음에 귀를 기울이는 말을 해 주자. 나를 싹틔우는 말을 들려주자. 눈치 보지 말고, 바라는 것을 마음 편하게 바라도 된다고 나에게 말해 주고 싶다. 그리고 나처럼 자신의 마음에 귀를 닫고 있는 누군가에게도 같은 말을 건네고 싶다.

다른 사람들이 내 이야기에 집중해 주기를 바랐지만, 그 누구보다 나에게 귀를 기울여야 할 사람은 나 자신이다. 그런데 정작 내 마음속에서 보내는 이야기에는 귀를 닫았다. 나의 바람, 욕구를 남들 보기 괜찮은 것만 놔두고 다 쳐냈다. 생각도 표현도 못 하게 꾹꾹 눌러 버리는데 무슨 힘이 날 수 있을까. 타인으로부터 시작됐을지라도 나를 억누른 건 나다. 어렸을 때는 미성숙하고 내면의 힘이 부족해서 할 수 있는 것이 그것뿐이었음을 안다. 성인이 된 지금은 다른 선택을 할 수 있다. 자신에게 다른 말을 해 줄 수 있다. 어린 시절 만들어진 패턴을 끊어 버릴 수 있다.

무기력한 나에게 동기를 주고 일으켜 세울 수 있는 건, 다른 누구를 찾기 전에 바로 나 자신이다. 그리고 내가 나에게 해 주는 말이다. 타인의 말과 행동에 영향을 많이 받는 줄 알았지만, 사실은 나의 말과 행동이 나에게 가장 큰 영향을 줬다. 마음에 귀를 기울이고, 책 속에서 주인공 소년이 들었던 말을 나에게 해 주기로 한다. 정말 원하는 게 무엇이냐고. 남이 들었을 때 부끄러운 것도 괜찮다고. 편하게 너의 욕망, 야망, 욕구를 말하라고. 그렇게 말해 줄 수 있게 됐다. 포장되고 예쁜 이상 말고, 남 보기에 쑥스러운 너의 본심을 말해 달라고 자신에게 말해 준다.

수면 저 아래 밑바닥에 숨어 있는 야망을 꺼내고, 그것을 무시하거나 매도하지 않고, 있는 그대로 종이에 적어 봤다. 이제야 내가 나의 이야기를 들어 주는 느낌이다. 거기서 찾아오는 안정감, 안전한 느낌은 생소했다. 나는 이게 필요했구나. 정작 반대로 살아왔구나. 이런 순간을 나에게 허락해 줘도 됐던 거구나. 몰랐다. 나도 모르게 긴장감 풀린 한숨이 나온다.

멈춰 있는 나를 일으키고 움직일 수 있게 하는 시작은, 판단하지 않고 있는 그대로 내 마음에 귀를 기울이는 것이다. 편하게 표현해도 된다고 자신에게 말해 준다. 그때 과장되지 않은 담담하고 담백한 용기가 찾아온다. 나의 야망은 타인의 시선과 기준에 맞추지 않아도 된다. 나의 욕구는 세상이 제시하는 것과 같지 않아도 된다. 나의 본심은 남에게 공개하기 쑥스러운 것이어도 괜찮다. 내가 진정으로 원하는 것은 누군가 인정할 만한 것이 아니어도 괜찮다. 내가 나에게 그렇게 말해 준다. 이런 말들이 나에게 필요했음을 이제야 알았다. 여기까지 올 수 있도록 나를 기다려 준 나에게, 그리고 지켜봐 주시고 도와주신 분들께 감사하다.

마치는 글

강선화

자이언트에서 공저 프로젝트가 시작되던 작년 초부터 꼭 한번 참여하고 싶었습니다. 네 편의 글을 쓰면서 개인 저서를 낸 작가님들이 대단하다고 생각했습니다. 몽골에 살면서 말이 얼마나 중요한지 뼈저리게 경험했는데도, 막상 글로 풀어내려고 하니 하나도 기억나지 않았습니다. 밤을 꼬박 새워도 한 글자도 쓰지 못한 날이 있습니다. 일주일 내내 생각하고 끄적거려도 생각을 담아낼 수 없어 끙끙거리기만 했습니다. 말은 한 번 뱉으면 주워 담을 수 없으니 신중하게 하라고 합니다. 글은 막 쓰고 싶어도 써지지 않아 신중할 수밖에 없다는 걸 깨닫는 시간이었습니다.

쓰는 내내 어렵고 힘들 때마다 격려와 용기를 주었던 분들이 생각났습니다. 지금의 저는 몽골에서도 한국에서도 버팀목이 되어 주신 분들 덕분입니다. 이 글이 누군가에게 작은 버팀목이 되었으면 좋겠습니다.

박정미

"언니, 글을 한 번 써 보세요." 오래전 들었던 후배 S의 말이 떠오른다. “선생님, 책 한 번 써 보는 건 어때요?” 동료 J도 비슷한 말을 했다. 잊고 있었던 이 말이 마지막 글을 쓰는 이 순간 생각났다. 그 말들이 어쩌면 내 마음속에 들어와 씨앗이 되었던 것일까. 글을 쓰고 책을 내게 되었다.

주제를 받고, 지나간 시간 책에서 보거나 들은 말을 먼저 떠올려야 했다. 상처받고 고통스러운 말도 있었지만, 그보다는 힘든 날 공감해 주고 위로가 되었던 말들이 훨씬 많다는 걸 알았다. 지금의 내 모습은 어쩌면 이제까지 살아오면서 주변에서 보거나 들은 말들로 이루어진 건 아닐까. 그 말들 덕분에 현재의 내가 있는 건지도 모른다.

부지런히 글을 쓰고 싶다. 이왕이면 공들여 잘 다듬은 좋은 글과 말로 사람들에게 희망과 용기를 줄 수 있었으면 좋겠다. 더운 여름, 독자들에게 좋은 글을 쓰기 위해 고생한 공저 작가들에게 먼저 인사를 건네주고 싶다. “그동안 고생 많으셨습니다.”

서린

말은 쏟아진 물과 같다. 쏟아진 물을 다시 담을 수 없듯 말 역시 한번 내뱉으면 다시 주워 담을 수 없다. 쏟아진 물이 땅에, 종이에 스며들 듯, 우리가 하는 말도 누군가의 마음에 스며든다. 마음에 스며든 말은 때론 상처가 되고 때론 위로가 된다. 누군가를 울리기도 하고 웃기기도 한다. 그를 일으켜 세우기도 하고 죽어 가는 삶을 살리기도 한다. 말은 우리의 감정과 행동을 변화시키는 강력한 힘을 가지고 있다. 그만큼 우리 삶에 어울리는 어떤 말을 어떻게 사용하는가는 아주 중요한 일이다.

한번은 TV 프로에서 하는 실험 영상을 본 적이 있다. 밥과 꽃에 좋은 말과 나쁜 말을 하는 실험이었다. ‘사랑해, 고마워, 예쁘다’ 말을 들은 밥과 꽃은 며칠이 지나도 곰팡이가 피지 않고 시들지 않았다. 반면 '미워, 싫어, 멍청이'라는 말을 계속 들은 밥과 꽃은 금방 곰팡이가 피고 시들어 버렸다. 충격적인 사실이었다. 이러한 사례는 책《물은 답을 알고 있다》에서도 볼 수 있었다. 사랑과 감사의 말을 들은 물 결정체가 보석처럼 빛나고 있었다. 우리의 인생에서 말이 얼마나 중요한가를 강조한다. 삶에 어울리는 말, 마음을 담아 진심을 다해 전하는 말로 살맛 나는 세상. 즐겁고 행복하게 살아가길 바란다.

양윤희

'나는 작가가 될 거야.'라고 말했다. 쓰는 사람이 되고 싶었고, 공저를 쓰게 되면서 책을 출간했다. 말한 대로 됐다. 조현삼 목사님이 쓴《말의 힘》을 읽고, 말에 대해 줄곧 생각해 왔다. 말에는 힘이 있고 말한 대로 된다고 생각하니 말 한마디를 하더라도 신중히 해야 했다. 말에는 힘이 있다는 것을 마음에 품고 지낼 수 있어서 다행이었다.

이 책을 쓰면서 나의 삶을 돌아보았다. 내게 용기를 주는 말, 위로하는 말, 격려하는 말, 기쁨을 주는 말을 들었을 때는 그곳이 천국이었다. 반대로 무시하는 말, 겁주는 말, 비난하는 말, 상처 주는 말을 들었을 때는 내가 한없이 작아졌다. 말은 이렇게 한 사람을 들었다 놨다 하는 힘이 있다. 수많은 말을 듣고, 말해 왔지만 나를 살리는 말도 나를 죽이는 말도 오래도록 기억되기는 마찬가지였다. 이왕이면 좋은 말을 건네야 하는 이유다.

'너희 말이 내 귀에 들린 대로 내가 너희에게 행하리니' 성경 구절이 주는 묵직함에 정신이 번쩍 든다. 선한 말을 건네는 사람으로 살아가야겠다. 내가 만나는 이들에게. 그리고 나에게.

윤수정

말에는 힘이 있습니다. 어떤 말은 사람을 살리기도 하고 영감을 불어넣기도 합니다. 또 반대로 사람을 죽이기도 하고 사기를 꺾어 놓는 말도 있습니다. 말 한마디의 위력! 우리는 알고 있습니다. 그러나 알면서도 잘 실천하지 못할 때가 많습니다. 여러분은 얼마나 자주 좋은 말을 하고 계시나요? 우선, 나 자신에게 힘이 되는 말, 응원의 말을 건네 보세요. 그리고 주변을 살펴보세요. 혹시 혼자 아파하고 있는 사람은 없는지, 또 누군가의 응원에 목말라하는 사람은 없는지. 다가가서 그 사람에게 필요한 말 한마디를 전해 보세요. 어쩜, 여러분의 말 한마디가 그 사람의 인생을 바꿔 놓을 수도 있습니다. 그동안 살면서 많은 사람을 만났습니다. 저를 절망케 하는 사람도 있었지만, 저에게 희망을 주고 격려를 아끼지 않았던 사람들이 더 많았습니다. 그러기에 오늘의 제가 있다고 생각합니다. 이제는 제가 희망의 메시지를 전하는 사람이 되려고 합니다. 학교에서 만나는 아이들, 자녀 문제로 힘들어하는 학부모, 교단의 노곤함에 지친 동료교사, 그리고 매일 마주하는 소중한 가족에게 말 한마디의 힘을 믿으며 오늘도 따뜻한 말 한마디를 전하고자 합니다.

이시은

목부터 꼬리뼈까지 디스크와 섬유륜이 터졌습니다. 통증에 숨만 쉬어도 눈물이 났었지요. 의사나 주변인들은 완전히 예전으로 돌아가기 힘들 거라 했습니다. 혈당이 정상이 아닌 걸 알았을 때도 마찬가지였습니다. 그때도 주변에서는 곧 당뇨 확진을 받을 거라고 했습니다. 가뜩이나 몸도 성치 않은데 가족력까지 있으니 관리가 쉽지 않았습니다. 요즘 저는 체중보다 무거운 바벨을 메고 스쾃을 합니다. 혈당 걱정 없이 밥을 먹습니다. 의료진들은 이 몸으로 운동이 가능한 게 신기하다고 합니다. 지금처럼 먹고 운동하면 앞으로 당뇨는 걱정 없을 거라 했습니다. 드라마 〈낭만닥터 김사부〉 대사 중 이런 말이 있더라고요. "기적은 사람의 의지다." 살다 보니 때때로 원치 않는 상황에 놓입니다. 그럴 때면 힘이 됐던 말을 떠올리며 나에게 집중했습니다. 말 덕분에 해낼 수 있다는 믿음이 생겼어요. 그 믿음은 꾸준함을 만들어 줬습니다. 결국 기적이 일어났지요. 제가 말로 인해 기적을 이룬 만큼, 제 글을 읽는 모든 분에게도 기적이 오길 바라는 마음으로 글을 썼습니다. 우리에게 의지만 있다면, 기적은 오니까요.

이정윤

'이제는 글을 써야겠다'라는 생각을 할 무렵 공저 모집 글이 올라왔습니다. 운명이었을까요? 1초의 망설임 없이 신청서를 제출했고 예감대로 공저에 참여하게 되었습니다. 그리고 이 책에 책임을 더하기 위해 팀장을 지원했습니다. 쉬운 과정은 아니었습니다. 작가님들에게 수시로 안부 인사를 전하고 퇴근 후 잠을 아껴 가며 글을 써야 했습니다. 힘들지만 후회는 없었습니다. 오히려 잘했다 싶었습니다. 같이 격려해 주는 작가님들 덕분에 꾀부리지 않고 성실히 글을 썼습니다. 글을 쓰다 보면 행복하다고 느끼는 순간이 있습니다. '내가 많이 성장했구나!'라고 느끼는 순간입니다. 제 이야기를 통해 독자에게 어떤 메시지를 줄 수 있을지 고민했는데 그 과정에서 또 배웁니다. 감사한 글쓰기입니다. 살면서 도움이 되었던 말들을 뽑아 보았습니다. 타인의 말 덕분에 살면서 힘을 얻기도 했고 삶의 지혜를 배우기도 했습니다. 인간은 평균적으로 하루에 만 삼천오백 개의 단어를 말합니다. 이 책을 읽으면서 내가 하는 말이 상대에게, 나에게 어떤 영향을 주는지 한 번쯤 생각해 보았으면 합니다.

장진숙

나는 내가 궁금한 사람이다. 그래서 나와 비슷한 유형의 성격, 특성 등을 자주 찾아서 본다. 글쓰기를 시작하면서 숨기고 지나쳐 버렸던 과거의 나를 들여다본다. 과거의 선택을 부정하고 후회했던 시간, 미래에 대한 불안감에 종종거리며 걱정을 사서 했던 시간. 이제 나는 과거와 미래만을 보던 시간을 놓아주고, 놓치고 있던 눈부신 오늘을 살아가기로 선택했다. 자주 찾아오는 불안에 흔들려도 오늘을 살아가는 방법을 연습하는 중이다. 언제 어디서든 그 자리에서 눈을 감고 하는 깊은 심호흡 세 번은 현재 오늘로 돌아오는 나만의 방법이다.

나를 위해 시작한 글쓰기로 사람에 대한 궁금증이 생겨서 人(사람인) 자의 의미를 배워 가는 중이다. 나에게만 집중된 관심은 사람에 관한 관심으로 확장됐고, 나만의 성찰은 다른 사람에게 도움을 주는 이야기를 전하고 싶다는 목표로 발전했다. 나의 이야기가 글을 읽는 독자에게 마음의 평온을 주고 오늘을 살아가는 데 조금이라도 도움이 되길 바란다.

정유나

주말 오후, 몸도 찌뿌둥하니 남편과 나가 오랜만에 좀 뛰었다. 막상 집을 나섰는데 6월 날씨에도 살갗이 따가웠다. 앞장서서 뛰기 시작했지만, 반환점을 돌아서는 앞자리를 내어 주고 이내 그와의 거리가 꽤 벌어졌다. 현기증에 몸 사린다고 걷기 시작했는데, 낙오자가 된 것 같았다. 나무 그늘에서 부는 바람에 금세 기분이 좋아지긴 했지만 말이다. 먼저 도착한 남편이 씻고 나오면서 말했다. “유나야, 그런데 너 정말 잘 뛴다. 대단한데?” 놀리는 건가 싶었는데 그의 말에 진심이 느껴졌다. 나는 뛰지 않았던 후반부가 한편으론 못마땅했는데, 남편은 뛰던 나를 두고 칭찬하고 있었다. 긍정적인 마음과 나를 인정하는 마음은 별개라는 걸 비로소 깨달았다. 그의 말을 통해 나를 볼 수 있었던 순간이다. 글을 쓰는 동안 말 관찰자로 살았다. 누군가 한 말, 누군가에게 한 말, 그리고 내가 나에게 하는 말…. 오랜 시간이 지나온 말에도 그 색과 향기가 또렷이 남아 있는 걸 보면, 가볍게 입을 열어도 말의 무게는 결코 가볍지 않다는 걸 생각하게 된다. 좋은 말 향기 내며 살고 싶어졌다.

차휘진

말에 대해 글을 쓰고 있는 중에도, 누군가의 말에 기분이 이상해지고, 열받는 일도 있었다. 말실수해서 반성하며 겸손해진다. 후배의 진솔한 말 한마디에 위로받아서 눈물 흘리기도 한다. 말을 통해서 나와 주변 사람들의 빛과 그림자를 마주한다. 이번 책을 쓰는 동안, 말을 통해서 발견한 나의 빛과 그림자를 수용하는 기회가 되었다. 덕분에 다른 이의 빛과 그림자도 수용할 수 있는 연습을 할 수 있었다. 나의 마음과 말을 수용하지 못할 때는 타인을 수용하기가 쉽지 않았다. 나를 수용하고부터는 다소 노력이 필요했지만, 조금씩 타인의 말과 마음을 이전보다 편하게 수용할 수 있었다. 말을 하고 듣고 받아들이는 과정을 통해서 배우고 성장한다. 말에는 희로애락이 담겨 있다. 말을 전해 주고 듣는 소통의 과정에서 서로의 시간과 마음이 함께 전해진다. 언어를 나누면서 언어 이상의 것을 주고받는다. 그동안 받았던 경청만큼, 좋은 경청자가 되고 싶다. 좋은 말들을 받은 만큼, 더 나은 말을 전해 주는 사람이 되고 싶다. 그렇게 해서 나의 삶도, 우리의 삶도 조금 더 좋은 언어와 마음으로 채우고 싶다.